AMOURS
en cascade

Geneviève Steinling

AMOURS
en cascade

Nouvelles

Copyright © 2025 Geneviève Steinling
Tous droits réservés.
Édition : BoD · Books on Demand, 31 avenue Saint-Rémy, 57600 Forbach, bod@bod.fr
Impression : Libri Plureos GmbH, Friedensallee 273, 22763 Hamburg (Allemagne)

ISBN : 978-2-3225-3518-7
Dépôt légal : janvier 2025

Photo de couverture Istock 531268207

À mes chers parents disparus trop tôt,

Marie et Denis Mieloszynski

SOMMAIRE

— Page   7 : Le héros du livre
— Page   9 : Plume d'amour
— Page 17 : L'incroyable défi de l'ange Timothée
— Page 27 : Le baiser de l'âme
— Page 37 : Oui, maîtresse
— Page 47 : Volgom
— Page 61 : Prisonnière du désir
— Page 71 : L'étoile bleue
— Page 79 : La véritable histoire de la chauve-souris
— Page 87 : Je sais nager sans bouée
— Page 95 : Lettre à un bien-aimé
— Page 97 : L'impératrice de la chanson
— Page 111 : Purement sexuel
— Page 119 : En boule derrière la porte
— Page 129 : Mon Dieu, qu'elle était laide
— Page 135 : L'heure des chaussettes
— Page 139 : Une de trop
— Page 149 : Vilaines
— Page 159 : Le bidule

Plusieurs des nouvelles qui composent ce recueil ont été primées dans divers concours, pour certaines, sous un autre titre.

****

Le héros du livre

Suis-je homme, femme, enfant, vieillard ou vieille femme ? Animal, peut-être ?

Ne cherchez pas à percer les secrets de ma chair ni à soulever le néant qui couvre l'infime que je suis. Ne soyez pas surpris si la couleur du jour m'embrase d'un coup et ranime mon souffle ! Ma vie est un paradoxe illusoire.

Pour me voir, vous devez entrer dans le monde de l'imaginaire. C'est seulement à cette condition que je pourrais apparaître devant vous dans ma nudité originelle.

Et alors, vous me reconnaîtrez, moi, cette âme qui se joue de l'espace et du temps.

Dans le mouvement et dans l'attente, je marche sans filet, sans trucage, sur le cordon de l'invisible. Mon parcours cyclique suit le fil du rêve tressé dans une histoire inventée. Je jaillis des ténèbres, roule dans les flancs de la lumière, retourne dans l'oubli.

Et dans la brillance des étoiles entre l'onirique et le tangible, je me couche sur une page blanche et me donne à la plume qui me prend.

****

Plume d'amour

Je l'aime.
Et cela, depuis le jour où elle a pris ma main.
Elle avait l'art de m'emmener dans ses extravagances les plus folles. Elle ramenait sa longue chevelure sur l'avant de son corps et, dans une parade exhibitionniste, elle cachait sa petite fleur. Elle jouait la prude, ça l'amusait.
Quand j'entrais dans ce jeu-là, elle me demandait de l'appeler Aphrodite et devenait la figure emblématique de la beauté, de l'amour et du plaisir charnel.
Une nuit, alors qu'elle avait poussé la porte des songes, elle s'était vautrée, nue, dans mon fauteuil rouge. Telle une vierge dépouillée de tout vêtement, elle posa timidement une jambe sur l'autre dans un semblant de pudeur.
— Comme Marie-Thérèse (1), me dit-elle.
Et elle m'affubla d'une autre identité.
Je devins l'acteur complice et complaisant.

(1) *Marie-Thérèse : référence au tableau de Picasso « Femme nue dans un fauteuil rouge » (1932)*

Elle me tendit un crayon qu'elle dénicha dans la corbeille de mes chimères.

— C'est pour toi, Pablo.

Puis elle ajouta :

— Croque-moi !

Je m'exécutai.

J'esquissai des mots sur ses courbes plantées dans un champ lyrique qui eurent le pouvoir de mettre ma libido à feu.

Elle voulait que j'écrive sur son corps m'emportant ainsi dans des aventures épiques sur les sentiers de la luxure.

Sa voix éthérée résonne encore en moi.

Elle caracolait dans ma tête sur l'échelle du temps mais l'époque qu'elle préférait était celle de l'émancipation féminine. Elle revêtait alors le costume d'une femme affranchie en revendiquant la parité.

En osmose parfaite, j'entrais dans le jeu de ses folies.

Je me souviens du soir où elle m'ordonna de lui confectionner une couronne.

Ses yeux avaient la couleur du ciel et son regard, celle de l'innocence du devenir.

Fasciné et ensorcelé, je retenais ma respiration.

Elle profita de cet instant suspendu pour mimer Gabriel et arracher l'une de ses plumes.

— Une seule suffit, murmura-t-elle.

Et elle ajouta :

— Pour devenir ton alter égo.

Je ne comprenais pas où elle voulait en venir.

— C'est la plume d'amour, m'a-t-elle encore soufflé. Ensemble, si tu le veux, nous pourrons faire de grandes choses.

J'ai pris la plume et je l'ai gardée toute la nuit dans ma main serrée.

J'aurais pu mourir sur le champ si elle me l'avait demandé. Je ne pensais, ne sentais, ne vivais que par elle et pour elle. J'édifiais des villes magiques, des châteaux de perles et de cristal.

Elle révolutionnait mon univers.

À travers elle, je découvrais une autre réalité.

Elle enluminait mes nuits et mes jours d'un bonheur doux, fort, audacieux se lovant sur la couche volcanique de mes fantasmes.

Il en fut ainsi jusqu'à cette nuit maléfique ou salvatrice.

Chacun jugera.

****

Je m'étais endormi, l'esprit vide de toute préoccupation.

S'incrustant dans mes rêves, Bacchus m'est apparu.

Il m'a tancé entre deux vins :

— Bordel ! Laisse tomber ta putain d'écriture, me disait-il. Il n'y pas de plus grande jouissance que celle procurée par l'alcool.

Je lui répondis que mon amour pour elle n'avait pas de limite car elle avait fait de moi quelqu'un d'autre, quelqu'un qui osait décliner le verbe « aimer » dans sa version de la plus douce à la plus gaillarde.

Il coupa net l'éloge que je composais sur ma bien-aimée.

— Je te dis de la laisser tomber. Oublie-la ! me conjura-t-il. Moi, le Dieu du vin et des débordements sexuels, je peux t'apporter l'ivresse des sens, le plaisir gustatif et en même temps l'abandon de toi jusqu'au dépassement de ta simple condition. Je t'offre l'opportunité de retrouver tes instincts primaires, de satisfaire ton appétit bestial et d'assouvir tes désirs en faisant fi des codes, des lois, des mœurs, de tout règlement édicté par la soi-disant morale de l'Homme.

Bacchus enfantait des images qui m'excitaient. Il faisait apparaître des femmes à la chair pulpeuse et gourmande me couvrant de leurs caresses.

L'image d'une orgie s'imposa.

J'en étais le maître, le seigneur et en même temps, la bête.

Et c'est en exhalant des soupirs frénétiques que je me suis réveillé. J'avais le corps chaud, le sexe dressé, le slip humide et la gorge sèche.

Je me suis versé un verre de whisky puis un autre, un autre encore et encore et encore...

Répudiant de mes pensées l'intruse profanée par le dieu du vin, j'ai inventé une potion d'amour, un étrange mélange de porto, de curaçao orange et de mandragore qui eut pour effet la félicité de mes pulsions charnelles mais qui aurait pu me coûter la vie si mon frère ne m'avait pas rendu visite ce même soir.

Il m'a découvert gisant par terre sans connaissance. Je lui dois mon salut ainsi qu'à l'équipe de soins du service de réanimation de l'hôpital.

****

Rescapé du chaos, il ne me resta qu'un brouillard de honte que je ne parvenais pas à dissiper.

Je me rappelle l'instant où je suis enfin rentré chez moi. Mon appartement regorgeait d'effluves d'alcool. J'ai ouvert la fenêtre au large et je me suis installé dans mon fauteuil rouge en pensant à elle. Aphrodite ou Marie-Thérèse, qu'importait le nom que je lui donnais !

Ange ou démon, femme ou sorcière, elle était absente.

J'étais seul.

Abandonné.

Orphelin de l'amour.

La folie me gagna, je tournais les aiguilles de ma montre en sens inverse pour changer le cours de mon histoire.

J'ouvrais la porte d'entrée mille fois, le jour, la nuit, espérant la voir apparaître.

Inexorablement, je descendis aux enfers.

Je devins un infinitésimal.

****

J'employais mon temps à jouer avec du papier. Je confectionnais des origamis en forme d'avion, j'en avais tant façonnés que j'avais épuisé mon stock de papier.

Je marchais sur un tapis de feuilles banches. Il m'arrivait de dormir dessus.

Et une nuit, dans mon sommeil, elle est revenue et elle a posé la plume d'amour dans ma main.

J'ai deviné son sourire, celui d'une vierge et celui d'une catin.

Elle était une et plusieurs à la fois.

Elle a murmuré :

— Dessine-moi des lettres et des mots !

Je l'ai rêvée en train de se dévêtir, de dégrafer son corsage, de laisser tomber sa jupe jusqu'à ses chevilles, de défaire ses cheveux.

J'ai senti son souffle.

En une seconde, elle a ravivé mon âme et enflammé mon cœur.

Je me suis réveillé, j'ai ramassé les avions de papier, je les ai dépliés et j'ai couché dessus les lettres que je retenais prisonnières.

Je venais de délivrer tous ces mots que l'on n'ose pas dire, tous ceux que l'on ne s'autorise pas à exprimer, tous ces mots qui restent bloqués au fond de soi.

C'est ce jour qu'elle est entrée en moi.

Depuis, elle ne me quitte plus.

Et quand la plume va et vient sur le papier, elle est là, avec moi, elle me guide, elle m'autorise, elle me censure, elle m'aime autant que je l'aime.

****

L'incroyable défi de l'ange Timothée

Ce matin-là, de bonne heure, Dieu fut réveillé par des éclats de voix. Il enfila son costume de soie assorti à la couleur de sa barbe et se dirigea vers le brouhaha.

Un ange à l'ardeur juvénile essayait de se faire entendre :

— L'Homme n'est plus ce qu'il était, disait-il, il est devenu une œuvre amputée.

Il critiquait l'œuvre du Tout-puissant dans sa durée et se faisait huer par ses frères.

On comprend l'indignation des proches du Seigneur car l'ange insolent remettait tout en question.

Le bon Dieu qui était fort curieux et qui, ma foi, avait entre autres fonctions, celle de maintenir l'ordre dans son royaume, leur ordonna de se taire et fit venir l'impertinent dans ses appartements.

— Quel est ton nom ? lui demanda-t-il.
— Timothée, répondit l'ange.
— Quelles sont tes doléances ?

Flatté que le bon Dieu s'intéressât à lui, l'ange voulut se montrer à la hauteur de cet honneur.

Un peu d'originalité et le voilà en train d'improviser un poème :

Votre Œuvre est grande, ô Seigneur.
Le ciel n'a rien d'égal en perfection
Et la Terre n'est que splendeur
Mais à votre dernière création
Il manque un je-ne-sais-quoi
Et sans ce je-ne-sais-quoi
L'Homme perd de sa grandeur
Pardonnez mon offense
D'évaluer ainsi le fruit de votre semence.

« Cet ange n'a rien d'ordinaire, se dit le Seigneur en caressant sa barbe. Il ne ressemble aucunement à ses frères. »

Il songea aussitôt à le mettre au défi :

— Eh bien, Timothée, puisque tu es si futé, explore le monde et apporte-moi le je-ne-sais-quoi qui manque à l'Homme ! Si tu réussis la mission que je te confie, je te nommerai ministre. Le nom de ton ministère sera fonction du résultat de tes recherches.

Timothée rougit de fierté, s'il revenait avec le je-ne-sais-quoi, il deviendrait le plus jeune ministre du royaume des cieux.

****

Le lendemain, à peine le soleil se levait-il que l'ange se mit en route.

Pour commencer, il questionna l'astre jaune, qui, prétextant être occupé à chauffer la Terre, ne daigna pas lui répondre. Timothée le soupçonna de ne pas en savoir plus que lui. Quant à la lune, elle dormait. Les étoiles aussi.

Timothée se dit qu'il trouverait le je-ne-sais-quoi sur la Terre. Il vola vers le bas.

Il ne s'était encombré d'aucun bagage car il était persuadé de revenir le soir même mais dès qu'il atterrit, il regretta son audace, s'apercevant soudain du poids de sa responsabilité. Il croyait en l'existence du je-ne-sais-quoi mais n'avait aucune idée de sa grandeur, de sa couleur ni même de sa consistance.

Il faillit retourner illico presto au ciel mais c'eut été à l'encontre des ambitions qu'il nourrissait.

De plus, l'enjeu en valait la peine.

Timothée chercha du côté des océans : les poissons prenaient leur bain et les sirènes préparaient le bal de l'année. Ni les uns, ni les unes n'étaient en mesure de le renseigner.

Il fallait suivre une autre piste.

L'ange se souvint alors d'un livre qu'il avait lu à la bibliothèque céleste : il racontait l'histoire du monde. L'ouvrage était divisé en trois parties : le passé, le présent et le futur.

Timothée déploya ses ailes et se posa sur le fil du temps à plus d'un siècle en arrière.

Il tomba nez à nez avec un drôle de personnage, un patriarche qui, affublé d'une barbe blanche, ressemblait au bon Dieu.

Il s'agissait d'un certain Victor qui prit une mine affligée quand l'ange lui fit part de sa mission :

— Je te souhaite bien du plaisir ! lui répondit-il. Ce je-ne-sais-quoi, dont tu me parles, existait mais je crains qu'il n'ait disparu. Il était défini par un mot. Les mots sont vivants et un jour, ce mot-là a quitté la place qu'il occupait dans ce que les mortels appelaient et appellent encore, un dictionnaire.

Timothée fut étonné car il avait toujours considéré les mots comme faisant partie des choses inanimées. Il se promit de vérifier l'information dans le Grand Livre des Connaissances.

L'ange continua ses investigations.

Il vola jusqu'en Grèce, interrogea Thalès et Pythagore qui mirent leurs méninges à rude épreuve. Pour l'occasion, ils découvrirent chacun de nouveaux théorèmes sans toutefois résoudre l'équation qui leur était soumise.

Timothée se rendit alors en Suisse et demanda à Albert Einstein d'éclairer sa lanterne à partir de ses travaux sur la lumière. L'inventeur mit tant d'exaltation à découvrir la clef de l'énigme qu'il faillit en perdre ses cheveux pendant que Newton, à des kilomètres de là, et dans une autre époque, coupait une pomme en quatre.

Aucun ne put répondre à la question de l'ange.

Timothée avait entendu parler de l'instinct féminin qui, ajouté au génie, pourrait, pensait-il, aboutir sur quelque chose de tangible.
Marie Curie lui sembla tout indiquée.
La physicienne comprit immédiatement l'importance de la mission confiée à l'ange. Elle demanda qu'on lui livre une tonne de minerais. Elle découvrit un atome qui révolutionna le monde mais elle tomba malade et dut interrompre ses travaux.
Timothée n'eut pas plus de chance avec Louis Pasteur qu'il croisa entre deux portes du temps. Le chercheur s'acharna, pendant des jours et des nuits, à mélanger dans ses éprouvettes des molécules dont lui seul détenait le secret. Un vaccin vit le jour, le savant le présenta à l'ange qui fit non de la tête. Sans pouvoir se l'expliquer, Timothée savait que ce ne pouvait être le je-ne-sais-quoi.

L'ange marcha d'un pas alerte sur le chemin du savoir.
Il déchiffra les écritures anciennes sur les pierres, les parchemins, les hiéroglyphes.
Il visita les bibliothèques du monde entier, les musées, les galeries de peinture.
Il s'engouffra dans les grottes les plus profondes, les plus froides, les plus noires.

Il se perdit dans le labyrinthe de Dédale, se débattit au milieu des ruines, s'écorcha les ailes aux épaves englouties sous la mer.

Il se référa aux religions, parcourut la Bible, la Torah, le Coran.

Le dos éreinté, il entra à demi-courbé dans les églises, les temples, les synagogues, les mosquées mais ne trouva pas le je-ne-sais-quoi et quand il alla parler au dalaï-lama, le sage tibétain resta prostré devant l'énigme.

La clef était ailleurs.

Timothée tenta l'impossible, il s'attaqua au subconscient. Pour ce faire, il consulta Sigmund Freud et Jacques Lacan qui furent impuissants face à la problématique.

Ne sachant plus à qui se vouer, l'ange se heurta aux simples d'esprit qui haussèrent les épaules sans comprendre le bien fondé de la question.

****

Timothée fit une halte et réfléchit.

Il ne pouvait nier la fuite du temps.

Les anges vieillissent moins vite que les hommes mais le temps a aussi prise sur eux.

Timothée savait qu'il était maintenant loin de ressembler au jeune ange qui avait quitté les cieux un beau matin.

L'avait-on oublié là-haut ?

Il ferma les yeux et écouta le vent, il soupira et se dit qu'il lui restait encore une chance, une dernière chance : il avait exploré le présent et le passé mais n'avait pas visité le futur.

Il déploya ses ailes et s'envola vers l'avenir.

Au fur et à mesure qu'il pénétrait dans la destinée du monde, les couleurs du paysage pâlissaient. Seul un camaïeu de blanc, gris et noir persistait.

L'avenir lui parut triste. Les fleurs avaient disparu. Les oiseaux ne chantaient plus. Les enfants affichaient des mines taciturnes. Les adultes semblaient abattus, accablés.

L'ange avait échoué dans sa mission et parce qu'il n'avait pas trouvé le je-ne-sais-quoi, la Terre était plongée dans la semi-obscurité.

En toute humilité, il admit qu'il avait fait preuve de vanité. Il devait maintenant retourner au royaume de Dieu même s'il savait qu'il deviendrait un ange déchu.

****

Il s'apprêtait à quitter la Terre quand une voix l'interpella :

— Tu as beaucoup fait parler de toi, ici-bas.

Timothée tourna la tête à gauche, à droite, il regarda derrière lui, devant, en haut, en bas, l'espace était vide.

— Qui est là et qui me parle ?

— C'est moi, qui te parle. Je suis celui que tu cherches.

— Qui me dit que tu es vraiment celui que je cherche ?

— L'Homme m'a égaré et m'a oublié. Mais tu es là, je vais, grâce à toi, sortir de mon errance et pouvoir enfin me poser.

L'ange entendait la voix mais ne voyait personne.

— Je ne te vois pas. Où es-tu ?

— Viens par ici, là, près de la rivière !

L'ange obéit.

— Regarde-toi maintenant dans le reflet de l'eau et tu me verras !

L'ange baissa la tête et ne vit que son visage. Il avait du mal à se reconnaître, quelque chose avait changé. Il n'aurait su dire quoi.

— Je viens de me poser sur ta bouche, dit la voix, emmène-moi avec toi !

L'ange fronça les sourcils, regarda à nouveau son visage dans l'eau. À cet instant, il sut qu'il avait trouvé le je-ne-sais-quoi.

— Sourire… On m'appelle Sourire, lui dit la voix. Souviens-t'en quand tu arriveras là-haut !

****

On dit que cette nuit-là, les anges sont descendus sur la Terre et ont semé des graines de sourire dans le cœur des hommes.

Le je-ne-sais-quoi regagna sa place dans le dictionnaire et la Création retrouva sa grandeur.

Le Seigneur tint sa promesse, il nomma Timothée à la tête du Ministère des Gens Heureux.

L'ange ne devint pas le plus jeune des ministres mais il fut reconnu comme le plus érudit, ce qui le catapulta, un peu plus tard, au poste de premier ministre.

Quant au Sourire, le bon Dieu lui donna l'Éternité.

****

Le baiser de l'âme

Enrique habitait Madrid. Né d'une mère française et d'un père espagnol, il était parfaitement bilingue.
Ses parents nourrissaient pour lui de grands projets, ils le voyaient ambassadeur. Enrique ne l'entendait pas ainsi. Il voulait devenir artiste peintre. Ses parents s'inclinèrent devant son choix avec grand regret.

Enrique se moquait des conventions. Il installait son chevalet au gré de sa fantaisie en bord de plage ou de route, au milieu de la foule ou dans un endroit désert.
Il s'isolait des jours entiers, voire des semaines.
Certains voyaient en Enrique l'originalité portée à son paroxysme au point de frôler la démence ; pour d'autres, comme pour Belinda, il représentait le talent incarné, le génie à honorer, à glorifier.
La jeune fille avait cherché à le rencontrer.
Ce fut le coup de foudre de part et d'autre.
Trois mois plus tard, Enrique l'épousait.
Cependant, le bonheur de Belinda fut de courte durée car la peinture devint, pour elle, une concurrente redoutable.

Elle posa un ultimatum à Enrique :
— La peinture ou moi.
Partagé entre ses deux amours, l'homme se vit contraint de choisir.
Belinda s'en alla.

****

La souffrance qu'engendre la renonciation à un être cher décuple souvent la créativité de l'artiste par sublimation mais dans le cas d'Enrique, ce fut le contraire.

Un an déjà qu'il s'enlisait dans un désert amoureux et créatif.

Pour occuper ses mains qui se trouvaient dans l'inaction la plus totale, il pianotait sur le clavier de son ordinateur. Il surfait au hasard et trouvait parfois des choses surprenantes comme ce matin-là où il tomba sur un forum dont l'intitulé l'intrigua : « la plume du pinceau ».

Il s'inscrivit, se présenta brièvement aux autres membres comme il était coutume de la faire, consulta des fiches au hasard et lut quelques échanges.

Néanmoins, il eut vite fait de s'apercevoir que le forum en question n'avait rien à voir avec la peinture et qu'il était axé sur la littérature.

Enrique admit que le titre, original dans sa dénomination, était pour le moins, racoleur.

Pour le reste, rien d'extraordinaire.

Les habitués se limitaient à la rédaction de commentaires de livres et à une participation libre aux discussions sur des thèmes improvisés ou mûrement réfléchis.

Enrique avait eu, plus d'une fois, envie de rayer son nom de la liste. S'il ne l'avait pas fait, c'était à cause de Karine, ou grâce à elle.

****

La jeune femme habitait en France.

Elle était l'investigatrice du forum. Son statut d'administratrice l'obligeait à y participer d'une façon assidue : elle donnait son avis sur tous les sujets mis à plat.

Enrique trouvait ses remarques pertinentes, quelquefois naïves mais la jeune femme l'amusait. Il s'abstenait de poster des commentaires. D'ailleurs, il n'avait rien à ajouter, Karine répondait à ses questions sans qu'il les lui pose.

Il se montra donc très discret et inexistant jusqu'au jour où Karine prétendit « qu'en chacun de nous, existe une énergie qui peut se transmettre d'une âme à une autre. »

Cartésien jusqu'à la racine des cheveux, l'affirmation de la jeune femme lui parut inconcevable.

Pour la première fois, il rebondit et envoya un mail privé à Karine.

Il ne s'embarrassa pas de formules de politesse et se contenta de lui écrire une seule phrase :

— Comme Wilde, je considère que « L'homme n'a pas d'âme, seul l'Art en possède. »

Cette répartie n'impressionna nullement Karine qui lui répondit :

—Vous faites fausse route en interprétant cette citation dans son sens premier. Oscar Wilde voulait dire que l'Art est l'expression de l'âme de celui qui créé l'œuvre. Quand je parlais de l'âme en tant que facteur d'énergie, je pensais don et réception à l'image des vases communicants.

Madame Je-sais-tout l'agaçait à la longue. Quand elle contredisait les avis des autres membres du groupe, ça le divertissait mais à l'instant, c'était lui qui était visé, il y avait là, de quoi le faire sortir de ses gonds.

Pour qui se prenait-elle ? Quelle fatuité !

Enrique ne comptait pas en rester là.

Il lui écrivit :

— Je respecte votre interprétation mais permettez-moi de ne pas être d'accord. Vous habitez en France et moi en Espagne. Vous m'expliquerez comment nos âmes peuvent se rencontrer. Par colis postal ? Télépathie ? Téléportation ?... Un, deux, trois, zou ! Vous m'envoyez un peu de votre sang en me disant : « Prenez ! Buvez ! » Je possèderai alors une telle énergie que personne ne pourra m'atteindre ! Et ENFIN, ma créativité REnaîtra.

Le ton d'Enrique et ses propos blasphématoires laissèrent Karine de marbre car, pour elle, seule la dernière phrase méritait qu'on s'y attarde.

Il était simple, pour qui savait lire entre les lignes, que le mot « enfin » écrit en lettres majuscules, attestait une immense amertume. Et puis, il y avait aussi le RE placé avant « naître ». Préfixe loin d'être anodin.

Karine n'en doutait pas : au bout de sa connexion, un homme plongeait dans le néant.

Elle connaissait cette sensation de vide.

Cette impression de ne plus exister.

La mort de l'âme.

****

Le lendemain, le mail que lut Enrique, le laissa sans voix.

— Comme vous le soulignez dans votre présentation personnelle sur le site, vous peignez. J'écris des romans. Peinture et littérature appartiennent à la même famille, celle de l'Art. J'ai souvent décrit l'âme par des mots abstraits invitant l'imaginaire du lecteur à prendre le relais car la nature ne m'a pas dotée du don qui est le vôtre. Avez-vous déjà dessiné une âme ? Savez-vous que le sourire est indissociable de l'âme ? Qu'à lui seul, il peut faire REnaître une énergie ? Savez-vous que le sourire, c'est le baiser de l'âme ?

L'impact de tout message virtuel reçu est fonction de l'état d'esprit du moment. Enrique, en manque d'amour et de sexe, occulta le mot sourire et s'attacha au mot « baiser », le considérant non pas sous sa forme nominale mais sous sa forme verbale.

Baiser !

Ce mot, ce seul mot, réveilla sa sexualité.

Il se déshabilla, passa à la salle de bain et caressa son corps avec le jet du pommeau de douche. Il imagina Karine et découpa son corps en une alchimie mathématique et utopique.

Il lui donna des formes géométriques : des ronds chapeautés de triangles pour les seins, un parallélogramme pour la taille et les hanches. Il la peignit avec les yeux dans une représentation tout en cubisme.

Son imagination débridée lui montra les lèvres intimes de la jeune femme qui devinrent « L'Origine du Monde ».

Elle lui souriait avec un éclat de provocation dans les yeux. Enrique se désinhiba et se noya dans le flot de son propre plaisir.

****

À quelque mille kilomètres de là, Karine attendait la réponse d'Enrique. Si son but avait été d'insuffler de l'énergie dans les veines d'une âme émaciée, elle devait s'avouer que le mot baiser n'avait pas été choisi au hasard.

Elle en avait usé comme d'un détonateur pour provoquer une résonance car elle en était persuadée, l'Homme, pour dépasser ses limites, doit avant tout accepter sa propre condition.

Sans l'assouvissement de ses reliquats bestiaux, il ne peut accéder à sa part divine.

****

Enrique déversa sa semence dans le bac de la douche en poussant un cri. Et comme une graine qui contient en potentialité l'arbre tout entier, son énergie exulta et il s'en trouva grandi.

Enrique purifia son corps. Il s'aspergea d'eau. Sur les mains, sur la tête, sur les pieds. Il ne toucha pas son sexe qui à cet instant prit valeur de sacré. Unis par le même lien, son corps, son âme et son énergie communièrent avec l'univers.

Créateur ressuscité et à nouveau maître de l'enfantement de ses œuvres, Enrique se surprit à sourire.

****

Cependant, la provocation de Karine l'enivrait : Sourire ! Âme ! Baiser !

Dessiner un baiser !

Enrique songea à la bouche peinte par Man Ray, à cette bouche étanche, fine et longue qui s'étale dans le ciel au-dessus des vagues comme un drapeau flottant au vent, comme si la bouche partait à la dérive. Cette bouche ne l'avait jamais fait vibrer parce qu'elle était fermée.

Et si l'âme était cette vibration, cette source intérieure qui jaillirait, le don de soi qui se matérialiserait par le sourire, le sourire qu'on trouverait en reflet chez l'être à qui on le donne ?

Fort de ses interrogations, Enrique se dirigea vers son atelier, s'empara d'une toile vierge, prit sa palette de couleur, son pinceau et dessina un grand miroir puis un deuxième en vis-à-vis.

À l'intérieur, il peignit une bouche qu'il allongea en un sourire, les deux lèvres ouvertes prêtes à donner mais aussi à recevoir.

Par le renvoi des deux miroirs, le sourire accouchait d'un autre sourire.

Puis d'un autre.

Et d'un autre encore.

À l'infini.

Enrique ne sortit de son atelier que lorsque son tableau fut terminé. Il photographia son œuvre et envoya l'image à Karine par mail.

Il ajouta une dédicace :

— Je m'incline. L'homme possède bien une âme. Sans elle, l'Art n'existerait pas. Vous aviez raison : toute âme a le pouvoir de transmettre une énergie. En m'offrant votre sourire, vous m'en avez donné la preuve vivante. MERCI.

Karine fut émue.

Et quand elle cliqua sur la pièce jointe et qu'elle découvrit le dessin, elle ouvrit la bouche.

D'étonnement.

De stupéfaction.

D'effroi.

Elle tenait en main un dessin qu'elle venait de griffonner sur son carnet de notes. Elle avait dessiné un miroir... un deuxième en vis à vis... à l'intérieur, une bouche... un sourire... un autre... puis un autre... un autre encore... à l'infini...

****

Oui, maîtresse

> Rapport de classe de Madame Bertrand :
> Cours préparatoire
> Jean-Sébastien est un élève perturbé.

Tout ça, à cause d'une pomme !
Quarante ans se sont écoulés mais la scène est restée gravée dans ma mémoire.
Je me rappelle chaque détail.

Madame Bertrand dépose une grande corbeille remplie de pommes sur la table. C'est une table ovale et nous sommes assis autour.

La maîtresse nous précise que la leçon porte sur les cinq sens.

Dans ma tête d'enfant de six ans, je me posais une question qui, avec du recul, me semble aujourd'hui dépourvue de sens.

Je me suis demandé :

— De quel sens parle-t-elle ?

Madame Bertrand n'a pas tardé à répondre : elle a pris une craie et a marqué cinq verbes sur le tableau noir. Pas en même temps, non, entre chacun, elle s'arrêtait et commentait.

TOUCHER

Elle a posé la craie dans l'arête du plumier en bois du tableau mural, nous a montré ses mains, la paume et le revers, puis elle a étalé ses doigts sur l'ardoise et l'a touchée.

Mes camarades et moi ne disions mot.

Elle s'est retournée.

Cachés derrière une paire de lunettes rondes à verres épais cerclés de plastique noir, les yeux de Madame Bertrand ressemblaient à ceux d'une chouette.

Ses pupilles étaient dilatées.

Elle a fixé son regard sur moi.

Avec ses longs cils noirs recourbés, elle me faisait penser à la poupée de collection de ma sœur, celle-là même qui est en porcelaine et que ma mère avait placée dans la vitrine du salon pour que personne ne l'abîme.

D'un coup, l'image de cette poupée s'est confondue avec celle de ma maitresse et j'ai trouvé Madame Bertrand très jolie.

— Est-ce que tu as compris, Jean-Sébastien ? m'a-t-elle demandé.

Je lui ai répondu poliment :

— Oui, maîtresse.

Elle a continué la leçon.

— Nous allons découvrir ensemble nos cinq sens à partir des pommes que voici. Choisissez-en une et touchez sa peau !

Les fruits de la corbeille offraient différentes couleurs et composaient un tableau comme celui qui était accroché sur le mur de la salle à manger de ma grand-mère.

La maîtresse nous demandait de toucher une pomme, j'en ai repéré une de couleur verte, je l'ai empoignée dans un mouvement violent pour la poser, curieusement, tout en délicatesse, sur ses sépales desséchés et je l'ai fait tourner telle une toupie.

— Jean-Sébastien ! On ne joue pas avec la nourriture.

Je n'aimais pas quand la maîtresse me grondait. Surtout devant mes copains. J'ai stoppé le tourbillon de la pomme.

— Touche-la ! m'a-t-elle commandé et dis-moi comment est sa peau.

— Douce, lui ai-je répondu.

Madame Bertrand a cligné des paupières avec un léger mouvement de tête, c'était une de ses expressions qui signifiait qu'elle approuvait.

Avec fierté, je me suis redressé sur ma chaise.

Elle a repris la craie et noté un autre verbe.

****

GOÛTER

Elle s'est retournée d'un bond, a bougé ses lèvres, sorti la langue, balayé sa bouche. D'instinct, je l'ai imitée. J'ai jeté un œil furtif sur Pierre qui faisait comme moi.

— Goûtez la pomme, maintenant !

Je l'ai croquée à pleines dents et j'ai grimacé, le fruit était trop acide.

Madame Bertrand m'observait. Elle m'a demandé de goûter une autre pomme pour en comparer la saveur.

J'en ai choisi une d'un rouge brillant et j'ai mordu goulûment dedans. Une sensation étrange a stimulé mes papilles. Un goût sucré a investi mon palais, le jus de la pomme a dégouliné aux coins de ma bouche et j'ai épongé le breuvage avec ma langue.

C'était bon.

À cet instant, plus rien n'existait que cette fusion entre le fruit et l'enfant que j'étais. Quelque chose de magique était en train de s'opérer mais ce jour-là, ma maîtresse avait, semble-il, jeté son dévolu sur moi car elle m'a posé une question qui a rompu brutalement le charme.

— Alors, Jean-Sébastien ? Quel goût a cette pomme-là par rapport à la précédente ?

— Plus sucrée.

Ma réponse a semblé la satisfaire car elle a conclu :

— C'est la langue qui permet d'apprécier le goût des aliments.

Après, Madame Bertrand nous a demandé de cesser de manger et elle a écrit le verbe suivant sur le tableau.

****

SENTIR

— Chacun de vous, va sentir la pomme qu'il ou elle tient en main.

J'avais beau dilater mes narines autant que je le pouvais, je ne sentais rien.

La maîtresse, elle, elle sentait bon. Et je sais de quoi je parle car une fois, elle m'avait fait un grand honneur, un honneur que nous espérions tous en secret. Elle m'avait demandé de lui rapporter son gilet qu'elle avait oublié dans la salle de classe. Il sentait un parfum de fleur. La même odeur que celle que je pouvais respirer quand je passais devant le fleuriste de ma rue.

— Jean-Sébastien, tu rêves ou tu écoutes la leçon ?

Je me suis empressé d'afficher un air intéressé.

Madame Bertrand s'est adressée à la classe entière et a demandé qu'on lui trouve un adjectif pour qualifier l'odeur de la pomme.

Personne n'avait d'idée.

C'est alors que j'ai levé le doigt :

— Une odeur de pomme, ai-je dit.

Mes camarades ont ri à gorge déployée, la maîtresse les a fait taire.

Puis, elle s'est adressée à moi :

— Tu n'es pas loin de la réponse.

J'étais content.

C'était les autres qui avaient maintenant l'air ridicule, surtout que la maîtresse les ignorait et me parlait.

— La pomme est un fruit, donc la pomme a une odeur... une odeur... ? me demandait-t-elle.

Et du tac au tac, j'ai répondu :

— Une odeur fruitée.

Je m'étonne encore de ma réponse mais je me souviens, c'est venu comme ça. Une nouvelle fois, Madame Bertrand a cligné des paupières avec un léger mouvement de tête et m'a souri. Ses dents étaient blanches et alignées en parfaite harmonie.

Pour finir, elle nous a certifié que chaque fruit pouvait être reconnu par son odeur. Elle ne s'est pas étendue sur le sujet car elle écrivait déjà un autre mot sur le tableau.

****

VOIR

— Observez votre pomme ! Est-elle de la même couleur que celle de votre voisin ou de votre voisine ?

En écho : un non général.

Et chacun, à tour de rôle de décrire sa pomme.

Madame Bertrand s'est avancée, s'est placée à quelques centimètres de moi.

Quelque chose de bizarre s'est passé : mon cœur s'est mis à battre plus fort et mon ventre à me titiller comme investi par un essaim d'abeilles.

Je venais de découvrir que ma maîtresse ne s'habillait pas de la même façon que ma mère.

Son chemisier blanc était un peu trop étroit et surtout …, il était transparent.

Je distinguais nettement son soutien-gorge.

Au même moment, elle a fait tomber la craie par terre, s'est penchée en avant, a tendu son bras et j'ai aperçu le creux de ses seins. J'avais envie de toucher pour m'assurer que sa peau était aussi douce que celle de ma pomme mais elle s'est redressée, a tapé dans ses mains et a écrit un nouveau verbe.

****

ÉCOUTER

— Croquez et écoutez !

Écouter une pomme ?

« Quelle drôle d'idée ! » ai-je pensé, mais comme cette idée venait de la maîtresse, ce devait être forcément une bonne idée.

Je me suis exécuté : j'ai croqué et j'ai écouté.

Ça craquait dans ma bouche.

Ça résonnait dans mon palais.

Je me concentrais à écouter le bruit qui venait de l'intérieur de ma bouche mais très vite, il est devenu un son lointain face aux commentaires de la maîtresse.

— La pomme est un fruit aussi vieux que le monde, disait-elle. On dit que ce serait elle qui serait à l'origine du premier péché.

D'abord je n'ai pas saisi pourquoi elle parlait d'un pêcher puisque nous étions en train d'étudier les pommes mais quand elle a prononcé le nom d'Adam et d'Ève, là, j'ai compris : mon père, fervent admirateur d'Albrecht Dürer, avait suspendu dans son bureau une affiche du graveur, laquelle représentait Ève tendant le fruit défendu au premier homme.

****

Alors que j'allais faire étalage de mon savoir, Madame Bertrand nous a demandé de dessiner une pomme. Je me souviens être resté dubitatif devant ma feuille.

Je m'interrogeais :

Pomme entière ?

Coupée ?

Pomme rouge, jaune, verte ?

J'ai fini par lever le doigt et j'ai posé ma question.

— Dessine comme tu le ressens, m'a répondu la maîtresse.

J'ai obéi.

Fier de moi, j'ai montré mon dessin à Madame Bertrand.

C'est à ce moment-là que tout a dérapé.

Ah, si j'avais su, j'aurais copié sur le dessin de Pierre ! Pourtant, je trouvais le mien beaucoup plus réussi que le sien.

Je m'étais inspiré de la gravure qui se trouvait dans le bureau de mon père. Je n'avais pas le modèle sous les yeux et j'ai dessiné un garçon blond frisé comme moi, il tendait une pomme à une dame.

Je m'étais appliqué à tracer les grosses lunettes rondes. C'était le portrait craché de ma maîtresse. À un détail près, je l'avais dessinée complètement nue.

****

Texte primé :
Concours « Livres en Bigorre » à Tournay (2007)

Volgom

Tout a débuté une semaine avant ma rentrée en cours préparatoire à l'école primaire.

J'accompagnais ma mère à l'hypermarché pour choisir le cartable qui deviendrait le compagnon de mes journées d'écolier. J'étais tout excité à cette idée mais arrivé dans le rayon des fournitures scolaires, choisir un cartable ne m'intéressait plus car j'avais aperçu une trousse qui mobilisa soudain toute mon attention.

Je l'ai sortie du présentoir.

À ma grande joie, ma mère m'a dit :

— Si elle te plait, pose-la dans le caddie !

La pochette était zippée sur trois arêtes. Quand on ouvrait la fermeture à glissière, on découvrait les outils d'écoliers rangés sous de petits élastiques. D'un côté, on trouvait des bâtons de couleur, une règle et un compas ; de l'autre, un taille-crayon, une équerre, un rapporteur, une paire de ciseaux, un crayon de papier et..., une gomme de couleur jaune.

C'était une gomme ordinaire mais elle avait cela de particulier qu'elle sentait le miel.

Je fis le rapprochement avec l'odeur du miel que ma grand-mère étalait en couche épaisse sur mes tartines beurrées.

Il n'en fallut pas plus pour attiser ma gourmandise et appâter mon sens olfactif au point d'en éprouver une émotion proche de la jouissance.

C'est ainsi que j'associai l'image de la gomme au mot plaisir.

****

Et tout naturellement, je me pris d'affection pour elle. Dans un jeu subtil, ma partenaire virginisait les feuilles écrites de ma main, à charge pour moi de les inonder à nouveau de mes lettres, mots et phrases. Puis la gomme balayait tout de quelques mouvements précis et maîtrisés.

C'était une suite sans fin car il s'agissait bien de cela, j'effaçais et je réécrivais à l'infini.

Cette gomme, à durée de vie limitée, ne tarda pas à se démantibuler.

Il m'en fallait une autre.

Posséder une gomme, voire plusieurs, devint une obsession.

Si, par négligence, un de mes camarades oubliait la sienne dans la classe, je me l'appropriais. Il m'arrivait aussi d'en emprunter une avec intention délibérée de ne pas la rendre.

Ainsi, je devins le propriétaire incontesté d'une flopée de gommes, d'autant que lorsqu'elles disparaissaient, mes camarades revenaient avec de nouvelles qui me plaisaient davantage.

J'ai continué mon petit manège d'année en année jusqu'à ce que je sois démasqué, c'est-à dire trois ans plus tard. Il faut dire que cette fois-là, j'avais posé mon dévolu sur la gomme de mon instituteur.

Et pour cause ! Elle n'était en rien ordinaire.

Elle formait un demi-cercle sur lequel se superposaient des bandes de couleurs au nombre de sept. La plus petite au centre était violette, dessus, elle devenait indigo puis bleue, verte, jaune, orange, et se terminait par un rouge éclatant.

****

Un matin, à la pause de dix heures, je décidai de chaparder l'objet de ma convoitise.

La cloche avait sonné et en rang discipliné nous avions suivi, mes camarades et moi, Monsieur Kapé jusqu'à la cour de récréation.

Deux minutes plus tard, je m'éclipsai en me faufilant par la porte des toilettes et regagnai la classe.

Je fouillais dans la trousse posée sur le bureau du maître d'école quand j'entendis tousser.

Il était là, juste derrière moi.

J'étais démasqué.

— Tu es en école primaire, plus en maternelle, me réprimanda Monsieur Kapé, et tu es responsable de tes actes. Donne-moi ton cahier de correspondance, je vais y noter un petit mot à l'attention de tes parents. Je veux les voir. Il me semble important de les mettre au courant de ton comportement.

Mes parents se rendirent au rendez-vous fixé par l'instituteur.

Et comble ! Je devais assister à l'entretien.

Bien sûr, ils me réprimandèrent devant Monsieur Kapé et promirent de me sanctionner. « Voler était un acte très grave », avaient-ils tous répété. Il fallait y mettre un terme.

Ma mère décida de la punition.

Elle m'infligea la pire qui soit : elle me confisqua la boite contenant mes trésors.

Évidemment, bien que Monsieur Kapé ait juré que l'affaire resterait entre nous, la nouvelle se propagea dans l'école.

Mes soupçons, quant au traitre, se portèrent sur René, mon voisin de table, un maigrichon au teint blanc toujours là où on ne l'attendait pas. Entre nous, nous l'appelions « Agent 007 ».

J'avais aperçu par l'entrebâillement de la porte restée ouverte un bout de sa chemise bleue. René ne portait que des chemises bleues. Il m'avoua plus tard, qu'effectivement, il s'était chargé de répandre la nouvelle à qui voulait l'entendre.

Ma réputation était faite : j'étais un voleur.

Serge, le premier de la classe, celui qui ne manquait jamais une occasion de dénigrer chacun de nous, vit là une opportunité dont il se saisit et proposa qu'on me surnomme « Volgom ».

René l'approuva, tous suivirent.

Curieusement, je n'en fus ni peiné, ni offusqué, ni traumatisé, au contraire, j'en éprouvai une certaine fierté car, je devins un centre d'intérêt pour les filles qui s'apercevaient enfin de mon existence.

****

Ma mère me rendit mes gommes le jour de mon admission au collège me disant que je méritais une récompense mais que je devais considérer sa levée de punition comme une marque de confiance.

J'emportai les gommes dans ma chambre, je les touchai, les effleurai, les embrassai pendant des heures. Ma main y mêla, j'avoue, quelques spécimens que j'avais réussi à glaner en cachette çà et là et que j'avais enfouis au fond d'un tiroir.

Je n'étais pas un voleur, juste un bienfaiteur qui venait au secours de ces gommes oubliées ou abandonnées par leurs propriétaires. Je les chérissais et leur rendais leur beauté car j'avais remarqué qu'elles étaient souvent maltraitées sans pitié. Endosser le rôle de sauveur me permit de dissiper toute trace de culpabilité.

Face à cet agrégat de gommes qui ne cessait de grossir, plus tard, je choisis d'étaler ma passion aux yeux de tous.

Ce fut le commencement de ma collection.

Par la suite, je me fis parvenir des gommes du monde entier avec certificat d'origine.

J'avais accumulé une telle quantité qu'il me fallut construire une vitrine à la mesure exacte de mon appétence.

****

J'écrivais toujours au crayon de papier car j'avais compris très vite qu'il était plus facile d'effacer le graphite que l'encre.

Lorsque je tombai amoureux de Bérengère, je griffonnai mes premiers vers. Puis Adèle remplaça Bérengère et je gommai le poème dédié à la première pour en écrire un autre à la seconde. Ainsi de suite, je supprimais d'un coup, d'un seul, mes rimailles et mes conquêtes. Je rendais grâce à mes gommes qui m'offraient la chance d'oublier l'une et de passer à la suivante.

Je noircissais des pages entières pour le plaisir d'effacer.

Puis un matin, je relus mon texte de la veille que j'avais oublié d'effacer et, je le dis en toute modestie bien sûr, je fus étonné d'avoir si bien su extérioriser mes sentiments.

Je ne pouvais plus en douter : j'étais né pour devenir écrivain.

Une question s'imposa : devais-je écrire sous mon nom de naissance ou emprunter un pseudo ? Après quelques secondes d'hésitation, je choisis d'être édité sous le pseudo de Volgom.

****

Je venais d'avoir trente ans et fêtais la sortie de mon quatrième roman. J'étais plutôt prolifique et j'avais bien du mal à satisfaire ma boulimie. Même la nuit, l'écriture venait me titiller sous forme de rêve ou de cauchemar comme ce lundi de septembre.

J'étais au Kenya sur l'île de Crescent Island, cette île en forme de croissant située au milieu du lac Naïvasha. La veille, j'avais vu un reportage à la télévision sur Joy Admason. On y retraçait sa vie, son environnement, son action impliquée dans la préservation de la faune. On découvrait le musée de Nairobi, là où sont exposées ses toiles qui représentent des fleurs sauvages d'Afrique. Mon rêve avait sans doute pris son envol à partir de ces images gravées dans mon subconscient.

Toujours est-il qu'une ombre figée, qui n'avait pas lieu d'être car le soleil était au zénith, me faisait signe et me parlait. Elle m'apprenait que je n'avais rien à craindre car l'île regorgeait d'animaux végétariens. Je m'aventurais, confiant, laissant l'ombre se faire lécher par le soleil de midi sous les regards avides d'arbustes très bas qui atteignaient à peine un mètre de hauteur.

Et voilà que ma trousse noire et blanche de petit écolier surgissait du passé : elle était là, elle avançait vers moi. Au fur et à mesure qu'elle se rapprochait, elle prenait une forme différente pour, au bout du compte, devenir un magnifique zèbre.

Comme je photographiais l'équidé noir aux rayures blanches, une voix me dit :

— Compte-les, il y en a quatre-vingts ! Les rayures !... Compte les rayures !

Je n'en eus pas le temps car l'animal s'était déjà transformé en une fleur de couleur noire au cœur blanc. Je ne voyais d'elle ni sa tige, ni ses feuilles.

La voix murmurait et répétait :

— Appelle-la Naïvasha !...

Je me réveillai à cet instant.

Convaincu que ce rêve ne pouvait s'arrêter là, je me mis en tête de lui donner vie sur le papier.

J'appelai la fleur Naïvasha et confiai la suite à mon imagination.

Elle mesurerait quelques vingt centimètres et ne posséderait qu'une seule feuille.

Mon héros retournerait dans son pays et emporterait, avec lui, la fleur. Tous les jours, il l'arroserait délicatement de quelques gouttes. Il lui parlerait et elle bougerait son unique feuille d'un côté ou de l'autre pour l'approuver ou le désapprouver.

J'étais satisfait de cette première approche.

Je devais maintenant trouver un lieu où elle pourrait passer la nuit. Une chambre à coucher me parut l'endroit idéal.

La nuit tomberait et un faisceau de lumière passant par les interstices du volet éclairerait Naïvasha. Mon héros verrait la fleur se refermer en un bourgeon. Bouleversé de la découvrir dans son intimité, il la caresserait longtemps. La fleur se laisserait aller à son plaisir décuplé jusqu'à l'évanouissement, jusqu'à la mort.

Dans un premier temps, je fus assez content de moi puis, à y réfléchir, je voulus corser mon histoire et la recadrer dans un contexte où la sensualité aurait la part belle.

Je décidai de ressusciter la fleur sous l'apparence d'une somptueuse créature.

****

Le lendemain, je m'y employai.

J'écrivis des centaines de mots que j'effaçais aussitôt. Rien ne me plaisait.

Je m'acharnais à gommer encore et encore, ce qui décupla mon plaisir et mon envie d'émailler mon récit de volupté.

Et le téléphone sonna.

À l'autre bout du fil : une voix féminine au timbre chaud, celle de mademoiselle Bijou, la nouvelle directrice de ma maison d'édition, les Editions Tautoume.

Elle souhaitait faire ma connaissance.

Je vis là un signe.

L'évidence se présentait à moi : ma créature de rêve aurait la voix de mademoiselle Bijou et pour crédibiliser l'avancée fantastique de mon récit, rien de tel que d'en faire un portrait tout en gourmandise.

Je la décrivis ainsi : bouche pulpeuse couleur rouge cerise, yeux chocolat, cheveux disposés savamment en filaments de caramel, peau satinée au goût de miel. Je me représentai mademoiselle Bijou grande, mince, bien faite de sa personne, avec un cul rond et ferme et une poitrine généreuse avoisinant les 95 D.

Rendez-vous fut pris pour le lundi de la semaine suivante à quatorze heures.

Il s'agissait d'un premier contact, malgré cela, j'avais emporté ma sacoche qui contenait l'ébauche de mon manuscrit. Je ne comptais pas le lui montrer mais juste émailler mon histoire, sur le vif, de détails physiques la concernant.

****

J'arrivai avec quelques minutes d'avance.

L'hôtesse d'accueil téléphona à Mademoiselle Bijou pour lui annoncer mon arrivée.

Après quoi, elle me dit :

— Mademoiselle Bijou sera à vous dans cinq minutes.

Elle était loin de mesurer l'impact de ses mots.

Elle avait dit : « sera à vous »...

Je me fourvoyai aussitôt dans le dédale de ma libido. Mon cœur sauta dans ma poitrine et mon ventre se crispa. Heureusement, j'avais eu la bonne idée de mettre une veste, laquelle descendait suffisamment bas sur mon pantalon pour ne rien laisser paraître de mon émotion.

Inutile de me voiler la face : j'étais bel et bien tombé amoureux d'un fantasme. Depuis une semaine, je vivais sur un nuage avec une sensation étrange. Le réel n'existait plus. J'étais transporté dans le merveilleux où chaque son, chaque odeur, chaque mot se drapait de superlatif.

****

Mademoiselle Bijou avança vers moi en me souriant. Ses lèvres n'avaient rien de sensuel, elles étaient aussi fines que deux haricots verts saucés de jus de tomate. Elle portait des lunettes de vue teintées. Ses cheveux blonds trop oxygénés pendaient comme des asperges ramollies sur des épaules légèrement voûtées. Son parfum trop corsé irrita mes narines.

Une nano seconde avait suffi pour éteindre mon désir.

Instantanément, je sentis ma poche bouger. À l'intérieur, ma gomme remuait dans tous les sens, et ce, de plus en plus violemment.

Moi qui la connaissais bien, je ne pouvais pas en douter : elle me poussait à effacer mon début de manuscrit.

Il me fallait trouver une excuse pour m'éloigner. Urgence, il y avait.

Je prétextai bêtement un appel important qui m'était sorti de la tête.

Je courus jusqu'à ma voiture et pris en main mon manuscrit.

À cet instant, ma gomme sauta hors de ma poche et se posa entre mes doigts. Elle avait raison, ce que j'avais écrit ne présentait plus aucun intérêt, j'effaçai tout.

Quand j'eus terminé, je vis, l'espace d'un instant, un sourire se dessiner sur ma gomme, je m'empressai de la glisser dans ma poche et je retournai aux Editions Tautoume.

Quand j'arrivai, une jeune femme me fit signe.
— Je vous attendais, me dit-elle de loin, je suis l'assistante de mademoiselle Bijou.

Je m'approchai.

Ses lèvres étaient colorées d'un rouge cerise et ses yeux bruns mis en valeur par de longs cils fardés de marron.

Elle me devança.

Ses cheveux de la couleur du caramel se balançaient sur ses épaules. Son pas vif et gracieux épousait merveilleusement sa silhouette élancée. La jupe style crayon, qu'elle portait, soulignait ses courbes. De fait, impossible pour moi de ne pas remarquer son petit cul rond si joliment mis en valeur.

Avant de me faire entrer dans le bureau de mademoiselle Bijou, elle se tourna vers moi. Nous n'étions qu'à un souffle d'écart l'un de l'autre. Je respirai son odeur, elle sentait le miel. Mon cœur s'agita mais quand mes yeux descendirent jusqu'à sa poitrine, il s'affola. J'étais comme une bête prise au piège car fort de mes nombreuses aventures amoureuses, je pouvais déterminer avec certitude la taille de son soutien-gorge : 95D

J'avais trouvé ma muse.

****

Prisonnière du désir

En ce temps-là, j'habitais la région parisienne.
J'avais quinze ans et je devais retrouver Louise à midi près de la Fontaine St Michel.
Louise me plaisait et je comptais bien la séduire.
Elle aurait pu être ma première histoire d'amour mais... Mais rien ne s'est passé comme prévu...

Ce jour-là précisément, j'attendais le train à la station Duroc sur la ligne 13 du métro parisien.

Station DUROC
J'ai pris place dans le dernier wagon du train.
Ma montre affichait onze heures. J'avais un peu d'avance, l'excitation de retrouver Louise mettait à mal mon impatience.
Signal sonore.
Les portes claquent.
Le train démarre.
À cet instant encore, elle occupait toutes mes pensées.
Arrêt du train.
Les portes s'ouvrent.

Station MONTPARNASSE

Quand elle est entrée dans le wagon, Louise n'existait plus, mon regard restait figé sur cette inconnue.

Elle s'est cramponnée à la barre verticale, le buste droit et la tête haute. Elle paraissait venir d'un autre monde, elle ne ressemblait à personne.

Signal sonore.
Les portes claquent.
Le train démarre.

Le conducteur du train a mené le train dans le tunnel.

L'obscurité crayonnait un fond noir derrière la vitre qui me renvoyait sa silhouette comme sur un miroir imprécis. Je la voyais de dos et les détails de sa figure, qui se reflétait dans le carreau brumeux, m'échappaient.

Front levé et nuque cachée par des cheveux noirs coupés au carré, elle étudiait le plan des stations placé au dessus de la porte.

Son accoutrement était pour le moins singulier et mes yeux d'adolescent au visage acnéique s'étonnaient tout en s'émerveillant devant ce corps presque nu.

Généreux. Provocant. Impudique.

Elle portait une guêpière en dentelle noire avec laçage dans le dos jusqu'à mi-hauteur de la colonne vertébrale. Des jarretelles pendaient, accrochées à la partie inférieure du corset. Dessous, une culotte noire en crêpe de soie laissait transparaître la séparation de ses fesses.

Cette femme était l'icône de mes fantasmes. Elle devait avoir au moins le double de mon âge.

Le soir avant de m'endormir, il m'arrivait de rêvasser à une femme qui ferait mon éducation sexuelle. Elle m'apprendrait où et comment trouver ce fameux point dont tout le monde parle et dont j'avais, comme les copains, entendu parler.

« On devrait tous connaître une femme plus âgée, prête à nous apprendre ces petites choses de la vie, une éducatrice sexuelle, en somme. On aurait l'air moins con face aux filles du lycée ! » C'est ce que je me disais à l'époque, je n'étais d'ailleurs pas le seul.

Et elle était là.

Le puceau, que j'étais, n'osait y croire.

Arrêt du train.

Les portes s'ouvrent.

Station GAÎTÉ

Elle s'est légèrement déplacée pour laisser monter un couple. Ce dernier l'a ignorée, je m'en suis étonné mais dans le fond, cela me convenait car, je me l'étais déjà appropriée.

Signal sonore.

Les portes claquent.

Le train démarre.

Ses jambes étaient moulées dans une paire de bas résille et ses pieds se cachaient sous les lanières de souliers noirs à talons aiguilles.

Son buste basculait avec grâce dans l'espace au rythme des déplacements du train, on aurait dit le cygne noir d'Australie qui évoluait sur l'eau au Square des Batignolles.

Le bruit que faisait le train sur la rame devenait musique et j'avais envie de la faire danser, j'avais une envie folle de la prendre dans mes bras, de l'embrasser, de la parcourir tout entière.

Arrêt du train.
Les portes s'ouvrent.

Station PERNETY

Deux couples et un enfant ont quitté le wagon sans faire cas de la belle inconnue. À croire que les voyageurs avaient tous décidé, ce jour-là, de jouer la partition de l'indifférence.

Personne n'est monté.
Signal sonore.
Les portes claquent.
Le train démarre.

Ses courbes mises à nu titillaient violemment ma libido. Elle me rendait dingue. J'étais excité comme un poulet devant un épi de blé.

Elle a bougé la tête, ce qui m'a permis de la voir de profil. Sa joue avait la couleur de la porcelaine fine et cette petite touche de rose au niveau de la pommette n'était pas sans rappeler les poupées des temps anciens.

Sa bouche, du moins la demi-bouche que j'entrevoyais, était peinte en rouge carmin.

Son sein droit, à peine caché dans un bonnet de dentelle, me défiait.

Elle ne portait aucun bijou.

La simplicité qu'elle dégageait transcendait l'ordinaire dans une pureté intemporelle.

Elle me fascinait.

Arrêt du train.

Les portes s'ouvrent.

Station PLAISANCE

Les trois hommes présents dans le wagon sont descendus, affichant également un désintérêt total à son égard et personne n'est monté.

Le wagon entier était à nous.

Signal sonore.

Les portes claquent.

Le train démarre.

J'ai fait un pas vers elle.

Elle m'intriguait et m'émoustillait.

Je devenais d'un coup un homme, un vrai. Je n'avais plus mon âge, j'avais le sien.

J'étais emporté dans le tourbillon du mystère qu'elle incarnait et, balayant toute convenance, j'ai risqué un bonjour hardi dans une politesse, néanmoins, des plus courtoises.

Elle m'a fait face.

Son visage était vide d'expression.

Ses yeux gris acier d'une intensité à la fois forte et mystérieuse me fixaient.

Je lui plaisais, c'était évident.

J'attendais un mot d'elle, un geste, un mouvement, un premier pas, un signal mais elle a tourné la tête de l'autre côté.

J'ai pensé que derrière la froideur, qu'elle voulait laisser paraître, se profilait sans doute un secret qu'elle ne pouvait me révéler.

J'ai amorcé une nouvelle approche.

— Mademoiselle…

Elle a fait comme si elle n'avait pas entendu.

Etait-elle sourde ? Muette ? Étrangère ?

Qui était-elle ? D'où venait-elle ?

Où allait-elle ?

Arrêt du train.

Les portes s'ouvrent.

Station PORTE DE VANVES

Elle est descendue.

Je l'ai suivie sans penser, ne serait-ce qu'une seconde, à Louise qui m'attendait.

Les voyageurs des autres wagons avaient déjà déserté le quai. Le train avait continué sa route.

L'impudeur de la belle éveillait en moi des sentiments opposés. Elle était un véritable paradoxe : d'un côté, elle incarnait une séduction provocante et de l'autre elle dégageait une aura imposant le respect.

De plus, elle semblait perdue.

— Puis-je vous aider ? lui ai-je proposé.

Sans un mot, elle a pointé son index sur la voie opposée. Ainsi, rien d'autre ne l'intéressait ! Et surtout pas moi !

Elle est restée ainsi, plantée, jusqu'à ce que je fasse ce qu'elle attendait de moi. Elle souhaitait que je la conduise de l'autre côté du quai. Alors soit !

— Je suis flatté d'être votre guide, Mademoiselle, suivez-moi, je vous prie ! lui ai-je dit sur un ton qui me fait sourire aujourd'hui mais quand je recadre mon récit dans son contexte, je dois reconnaître, qu'à ce moment-là, elle était une reine… non, « ma » reine et j'étais son preux chevalier.

Dans un mouvement de la main, elle m'a fait signe de la précéder. Elle marchait derrière moi sans un mot. Le bruit régulier des talons aiguilles claquaient sur la surface bétonnée. Chaque clic-clac voulait dire là….là…. non… là….oui… là….

Soudain, le silence derrière moi.
Puis un bruit aigu, assourdissant, terrifiant : le bruit du freinage d'un train.
Je me suis retourné.
Ma belle avait disparu, volatilisée, envolée.
Où était-elle ?
Sous le train ?
Broyée ?
Le train a démarré.
Je me suis précipité au bord du quai : personne sur les rails. J'ai tourné sur moi-même telle une toupie égarée dans l'intemporel et désorientée par le silence plus aphasique que jamais.

La Vie semblait évanouie et d'un coup, comme sous l'effet d'une baguette magique, le quai s'est repeuplé, une voix de soprano est parvenue à mes oreilles, une femme chantait la Vie, la Vie qui reprenait son cours.

Mais elle, où était-elle ?

J'ai couru vers la sortie, elle n'y était pas, alors je suis revenu à l'endroit où elle s'était volatilisée. J'ai dévisagé chaque femme car elle aurait pu entre temps, mettre une tenue plus décente.

Il m'était impossible de l'appeler, j'ignorais son nom.

Comme un homme ivre, j'ai interrogé les gens qui passaient.

Je criais à tout-va :

— Avez-vous vu une femme qui porte une guêpière ?

— Ça ne va pas, non !

— Elle a les cheveux noirs, aussi noirs que sa culotte…

— Un obsédé !

Les gens accéléraient le pas en m'ignorant et en m'évitant.

Au bout d'un moment, je me suis résigné, je me suis assis sur une chaise face aux rails et j'ai attendu.

Attendu quoi ? Qui ?

Je ne savais pas au juste…

Les gens allaient et venaient ; les trains passaient ; j'étais là, sur le quai, assis sur cette chaise collée à d'autres chaises identiques.

Et au moment où je n'y croyais plus, je l'ai aperçue. Entre deux passages de train, je l'ai vue. C'était bel et bien elle de l'autre côté de la voie.

Son corps adossé au mur s'exposait aux regards de tous. Elle invitait la foule à l'admirer.
Elle n'interdisait pas qu'on la touche mais restait immobile et indifférente, prisonnière de son désir, son désir inassouvi et exhibé sur une affiche publicitaire.

****

Texte primé :
Concours « Encres Vives » à Cholet (2006)

L'étoile bleue

Le conducteur de la voiture qui venait de la percuter de plein fouet se tenait debout près d'elle, le regard absent et les yeux noyés de larmes.

Choqué et déstabilisé, il entendit à peine la voix d'un homme qui parlait au téléphone.

— Rue de la Citadelle…. une femme…. Je ne sais pas, peut-être quatre-vingts…

Quelques minutes plus tard, le gyrophare du SAMU retentit. Le sapeur pompier fit le constat : « tuée sur le coup ».

L'homme à l'origine de l'accident redoubla de larmes et fut pris de tremblements.

On lui donna un calmant pendant qu'un badaud, tenant un chien en laisse, affirmait que personne n'aurait pu éviter la femme.

La sirène d'une voiture de police se fit entendre. Un agent fouilla dans les poches de la victime. Elles étaient vides.

Quant à son sac à main, il ne contenait qu'un papier déchiré.

Dessus, juste une phrase :
« Ne m'oublie pas ! ».

Il ne contenait que ce bout de feuille.

L'agent questionna l'homme au chien qui expliqua les faits :

— La femme était plantée sur le trottoir légèrement en retrait du passage piéton. Elle regardait droit devant elle. J'ai tourné la tête en direction du même endroit qu'elle, je n'ai rien vu de particulier et j'ai continué ma route. Quand je suis revenu d'avoir fait pisser le chien, je suis passé par le même chemin et elle n'avait pas bougé d'un poil, les yeux toujours perdus dans le vide. Je me suis dit qu'elle devait avoir un problème. À son âge, ça pourrait se comprendre. Une histoire de mémoire, vous voyez, quelque chose dans le genre. Au moment où j'allais lui parler, elle s'est engagée sur la chaussée. Elle s'est élancée comme une jeune fille. Je n'ai jamais vu une personne de cet âge courir aussi vite, elle s'est jetée sur la voiture. Comme si elle voulait mourir. Impossible au chauffeur de l'éviter. Non… Ça je vous le dis et redis… Impossible !

On fit souffler le conducteur dans un éthylotest. L'alcoolémie se révéla nulle. Néanmoins, il fut conduit au commissariat pour interrogatoire. L'homme au chien fut désigné comme témoin et prié de les accompagner.

Deux ambulanciers placèrent le corps de la défunte sur un brancard et l'emportèrent pendant que les badauds se dispersaient.

****

Ce même jour, la secrétaire d'une grande maison d'édition réceptionnait un courrier hors du commun.

On avait dessiné une étoile bleue sur l'enveloppe en haut à gauche de l'adresse et glissé, à l'intérieur, un manuscrit de deux cents pages écrit à la main. Les lettres étaient soigneusement formées et l'écriture, bien que tremblante parfois, était harmonieuse.

Intriguée, la secrétaire le fut davantage quand elle lut la lettre jointe qui disait ceci :

« À l'heure où vous ouvrirez ce courrier, je ne serai plus de ce monde. Je suis une vieille femme et personne ne se souciera de moi. Je n'ai plus de famille. Voici mon roman. Si vous le publiez, sachez que mes dernières volontés sont d'offrir mes droits d'autrice à l'homme qui arpente les sous-sols du métro parisien. Il est grand. Ses yeux sont bleus. Il porte les cheveux longs, châtains, ramenés en catogan sur la nuque. Il s'assied souvent le dos au mur du couloir de la station Montparnasse avant le dernier escalier qui mène sur le quai en direction de Clignancourt. Vous le reconnaitrez facilement car il raconte qu'un jour, une étoile bleue a traversé le ciel et qu'il l'a vue. Les gens le prennent pour un fou mais il est loin de l'être. »

Elle avait ajouté : une signature : « Myosotis ».

La secrétaire ouvrit le livre.

Sur la première page, la vieille femme avait écrit une préface :

« Son visage, ses mains, sa voix, son aura sont nés à partir de mes rêves. Toute ma vie, j'ai espéré le rencontrer. Ce jour est arrivé il y a deux ans, dans les couloirs du métro à la station Montparnasse. Ni prince, ni roi. Un vagabond. Il semble avoir trente ans. J'en ai quatre-vingt-quatre. Ce manuscrit est autobiographique. J'ai changé les noms des héros dans le respect de chacun. La fin a été transformée, j'ai voulu que mon héroïne dépasse les interdits pour lui consentir le droit de contourner l'inconciliable. »

Le comité de lecture décida, à l'unanimité, d'éditer le livre qui se vendit sur le territoire français à quatre cent mille exemplaires en seulement trois mois et fut traduit en quatorze langues.

On respecta les volontés de la défunte, on retrouva l'homme au catogan qui regagna sa place dans la société.

Il n'avait aucune idée du visage ou du nom exact de sa donatrice mais pour la remercier, il fonda l'Association « Myosotis » avec pour slogan « Ne m'oublie pas ! ».

On entendit l'homme sur les ondes radiophoniques et on le vit participer à diverses émissions de télévision plaider la cause des personnes gangrenées par la solitude. D'incurable, la maladie devint guérissable.

L'homme au catogan avait trouvé l'antidote : la communication.

L'histoire aurait pu s'arrêter là mais le plus surprenant reste à venir.

****

C'était un matin semblable à celui de la veille, semblable à celui que serait le lendemain.

Sur la montre de l'homme qui longe les allées du métro, il est dix heures. Comme à chaque fois qu'il passe dans ce couloir, il s'arrête un instant. Il a un pincement au cœur.

La place où il s'asseyait est libre.

L'homme observe les gens défiler : jeunes, vieux, hommes, femmes, enfants.

D'un coup, la vie s'agite devant lui en une ronde imaginaire, une musique au loin donne le tempo, la foule vibre devant lui emportée dans un carrousel qui tourne, qui tourne, qui tourne qui tourne, qui tourne de plus en plus vite.

Il est prêt à s'écrouler, il s'agrippe au mur.

Et il se souvient.

Il était là ! Assis !… Elle est arrivée.

Elle devait avoir l'âge de sa grand-mère.

— Avez-vous déjà aimé ? lui avait-elle demandé.

Surpris par la question, après une seconde d'hésitation, il avait répondu :

— Je l'aime depuis toujours mais je l'attends encore, je la cherche, je sais qu'elle existe.

Elle avait souri.

— Oh votre sourire ! s'était-il écrié… Incroyable ! Dans mes rêves, elle a votre sourire.

— C'est à cause de l'étoile, lui avait-elle affirmé sans se départir de son sourire.

— De l'étoile bleue ? avait-il murmuré la voix chargée d'étonnement et d'émotion.

Elle avait hoché la tête et elle s'était éloignée.

Il l'avait suivi des yeux.

****

C'est un homme perturbé qui marche sur le quai.

Le train est annoncé.

L'homme au catogan s'arrête.

Il se tient face aux rails.

Soudain, il la voit.

Là-bas… De l'autre côté de la rame.

— Non, c'est pas possible ! Ça ne peut pas être elle, chuchote-t-il en essayant de s'en persuader.

Il ferme les yeux mais quand il les rouvre, elle est toujours devant lui.

Elle lui sourit.

Alors sans réfléchir, il s'élance…

Il s'élance sur les rails pour la rejoindre.

Et c'est le drame.

Un bruit de frein, de la poussière, des cris, des hurlements, des enfants qui pleurent…

« Un homme percuté par un train à la station Montparnasse », pouvait-on lire le lendemain dans la presse à la rubrique des faits divers.

Un banal accident…

Et pourtant…
Et pourtant pendant quelques secondes, l'extraordinaire a plongé le monde dans l'obscurité.
Une étoile a traversé le ciel.
Elle était bleue.
Et puis…
Et puis, juste après…
Le soleil est apparu.

****

La véritable histoire de la chauve-souris

Un soir d'été, alors que le sommeil allait la gagner, elle entendit un couinement, tourna la tête et elle vit deux petits yeux qui la regardaient.

Faisant bouger ses longues moustaches, un mulot s'était posé, effrontément, sur son grand sac noir qu'elle gardait toujours fermé.

Il lui parla. Elle l'écouta.

Avant de disparaitre, il lui fit promettre de ne plus jamais fermer son sac.

Il avait réussi à la convaincre car dès qu'il fut parti, elle l'ouvrit. Dès cet instant, elle sut que sa vie allait changer.

Elle s'endormit. Sereine.

****

À son réveil, elle se rappela l'animal et l'objet de sa conversation. Telle une somnambule, elle se leva, s'habilla et s'en alla à petits pas, les talons en arrière visionnant une dernière fois ce qui avait été.

Elle abandonnait cet autre moi qui allait rejoindre le monde des souvenirs et elle baissa le rideau. Allant de l'avant, le regard tourné sur l'horizon, elle avança avec, comme seul bagage, son sac noir.

Elle marchait en chantant.

Après avoir traversé quelques villages, elle s'arrêta dans un grand champ cultivé. Elle déracina quelques carottes qu'elle essuya dans une feuille de chou, écossa une poignée de petits pois, mangea le cœur d'une salade.

Puis, elle continua sa route en chantant.

La nuit venue, elle s'endormit sous les étoiles. Au matin, elle reprit sa route. Elle vécut ainsi plusieurs jours s'alimentant de ce qu'elle trouvait sur sa route, buvant l'eau de pluie et dormant tantôt sur un banc public, tantôt derrière le mur d'une maison ou tapie dans le confessionnal d'une église. Elle passait comme une ombre et c'est à peine si on l'apercevait.

****

Chemin faisant, au moment où elle posa les pieds sur la grande place de ce dernier village, les cloches de l'église sonnèrent les douze coups de midi.

Elle poussa la porte du lieu saint et entra.

Le curé l'aperçut, il s'avança vers elle.

D'emblée, il lui inspira confiance et elle se confia. Elle lui dévoila son envie d'ailleurs et sa soif de liberté.

Comme l'automne arrivait à grand pas avec la promesse d'un hiver rigoureux, il lui proposa de s'installer un peu plus loin derrière l'église dans l'ancien presbytère qui, pour l'heure, restait inhabité.

Elle le remercia chaleureusement.

L'endroit, certes, n'était pas très grand, mais elle n'avait rien besoin de plus, elle était heureuse ainsi.

Les villageois furent intrigués par cette femme qui n'était pas des leurs et dont ils ignoraient tout.

Elle n'avait pas l'air méchant, elle leur paraissait seulement très spéciale si bien qu'entre eux, ils l'appelèrent « notre folle du village ». Ce qualificatif n'avait rien de péjoratif, il était la conséquence logique d'une attitude surprenante qu'elle adoptait.

Tous l'avaient vue, au moins une fois, s'adonner à un rituel étrange : elle levait ou tendait les bras, ouvrait ses mains, touchait, prenait, empoignait, harponnait des choses invisibles qu'elle chargeait ensuite dans sa sacoche qui, de ce fait, se remplissait d'un tas de riens, invisibles, impalpables.

Personne ne parvenait à percer son secret.

Quand on l'interrogeait, elle mettait le doigt sur sa bouche pour faire taire toute curiosité.

On finit donc par l'accepter telle quelle était.

Elle se trouva si bien parmi les villageois pleins d'empathie, qu'elle finit par s'installer définitivement dans cette maison-refuge.

Rien n'aurait pu l'arrêter, elle continuait, inlassablement, à bourrer son sac. Détail surprenant : elle le laissait toujours ouvert. Et avec la même patience, elle rattrapait, ramassait, et accumulait dans son grand sac ce qui ressemblait à du vide.

— Notre folle est une bienheureuse ! disaient les villageois entre eux.

— Bénie, soit-elle ! ajoutait le curé.

Beaucoup enviaient secrètement ce petit bout de femme libre de toute contrainte.

Fiers d'avoir dans leur village, une folle bienheureuse, ils en prirent soin.

On lui offrit de quoi se nourrir, de quoi dormir, de quoi se couvrir. On venait lui rendre visite, les enfants adoraient écouter les histoires qu'elle inventait. Certains lui demandaient conseil. Dans ces moments, elle incarnait la sagesse même, si bien que peu à peu, elle devint une figure emblématique du village.

Elle ne demandait rien, elle recevait, elle était une femme comblée. De pitié, il n'aurait jamais été question, elle l'aurait refusée. Elle prenait car elle savait qu'un jour elle leur ferait à son tour, un cadeau.

****

À l'image du temps qui passe, elle vieillissait au rythme des saisons sans se préoccuper des années qui défilaient.

Et une nuit, sans crier gare, le mulot entra dans son rêve. Elle comprit que le moment était venu pour elle de transmettre le secret que lui avait confié l'animal.

Elle convoqua les villageois sur le parvis de l'église.

Les commentaires fusaient de toute part.

Que peut-on offrir quand on ne possède rien ? Quand on a pour unique fortune une besace remplie de riens. Qu'allait-elle en sortir ? Était-elle magicienne ? Sorcière ?

On fit des paris. On plaisanta. On sourit. On rit. On se moqua mais toujours avec affection et bienveillance.

Elle arriva sur la place en s'appuyant sur un bras du curé, qui, comme elle, avait pris de l'âge.

On les fit asseoir l'un à côté de l'autre.

La vieille femme balaya du regard la foule puis elle leva la tête, regarda le soleil et les nuages. Un petit vent frais vint caresser ses joues flétries.

Tous attendaient.

Curieux.

Anxieux.

Enfin, ses yeux fatigués se posèrent sur chacun des villageois.

Elle prit la parole.

— Mon sac n'est pas vide, leur dit-elle en le tapotant de ses mains tremblantes. Voyez ! Aujourd'hui, il est fermé, vous allez très vite comprendre pourquoi.

Et elle leur confia l'histoire de sa besace.

— Il y a de cela longtemps, un mulot s'est posé sur ma sacoche. « Va t'en, lui ai-je dit. Tu peux te mettre où tu veux mais pas là. » « Qu'y a-t-il dedans de si grande valeur ? m'a demandé le rongeur. » Je lui ai répondu que c'était mon rêve. « Ton rêve ! s'est-il écrié. Dans une besace ! » Il a voulu connaitre mon rêve. Je lui ai avoué qu'il était de chanter ma liberté comme le font les oiseaux. « Ton rêve est beau, a-t-il admis mais ton idée de l'enfermer est une mauvaise idée. » Je lui ai expliqué que c'était pour ne pas qu'il s'échappe. Le petit rongeur a plongé ses yeux perçants dans les miens et m'a révélé le secret que je vous offre aujourd'hui.

Elle marqua un temps d'arrêt.

— Ecoutez ! continua la vieille femme. Il m'a dit ceci : « Si tu laisses ton rêve se consumer, s'étouffer et mourir, tu ne lui donnes aucune chance de vivre et de se réaliser. Tu as déjà perdu un temps précieux. Il aurait suffi de croire en ton rêve et lui faire confiance. »

La révélation plongea l'atmosphère dans un calme étrange presque irréel.

Brusquement, la voix de la vieille dame s'amplifia comme pour défier le silence :

— Et s'il disait vrai ?

Mais son souffle alourdi par l'âge l'obligea à faire une pause.

Elle luttait pour aller plus loin dans son récit.

— J'ai ouvert mon sac, se reprit-elle, mon rêve a pris forme, j'ai voyagé avec lui. J'ai connu tant de choses, vu tant de merveilles, tant appris grâce à vous. Je vous suis si reconnaissante.

Elle essuya une larme puis elle ouvrit son sac.
Et l'instant devint solennel.

— J'ai recueilli vos rêves, vos souhaits, vos désirs que vous abandonniez, leur dit-elle avec dans la voix toute la douceur apaisante et chaleureuse qui la caractérisait, ils sont à l'intérieur. Prenez-les ! Je vous les offre.

Certains affichèrent un sourire ironique pourtant tous se servirent.

Quand la besace fut vidée de tout rêve, la vieille femme ferma les yeux.

On entendit une musique.

Le curé affirma que c'étaient les anges qui jouaient de la lyre en signe de bienvenue car au fond de lui, il savait que dans le même temps, la vieille femme, âme perdue au milieu des mortels, avançait lentement sur une estrade invisible qui la conduirait aux portes du paradis.

Et le mulot ?...
On dit que cette nuit-là, il lui poussa des ailes....

****

Texte primé :
- Concours Calipso (2006)
- Concours Prix Philippe Delerm (2009)

Je sais nager sans bouée

C'était au mois d'août, à Barfleur, quarante ans auparavant. Dominique passait ses vacances dans un village de pêcheurs sur la côte nord-est du Cotentin avec Cathy son épouse et leur fils Gabriel.

L'enfant fêtait son sixième anniversaire. Pendant que Cathy confectionnait un gâteau, Dominique avait emmené son fils en bord de mer dans une petite crique qu'il avait découverte par hasard.

Gabriel savait nager depuis peu. Le père et le fils firent quelques brasses côte-à-côte.

L'enfant était fier, il répétait inlassablement :

— Daddy Dom ! Je sais nager sans bouée… Daddy Dom ! Je sais nager sans bouée.

Quand ils avaient regagné la plage, l'enfant avait sorti de son sac : seau, passoire, pelle, râteau. Il s'amusait à creuser un tunnel dans le sable. Pour ce faire, il avançait en bordure de mer, remplissait son seau d'eau, déversait cette dernière sur le sable et recommençait sans relâche.

Allongé sur sa serviette de bain et la chaleur aidant, Dominique s'était assoupi puis endormi.

Il n'avait rien vu, rien entendu.

On supposa que l'enfant s'était aventuré trop en avant dans la mer et qu'embourbé dans un amas de goémon, il avait perdu pied. Un pêcheur retrouva son corps lacéré par les goélands et les mouettes sur le récif de Quillebeuf.

Les jours, les mois, les années qui suivirent furent, pour Dominique et Cathy, une longue nuit, un tunnel sans fin. Aucun ne parlait de Gabriel, chacun cultivant le souvenir de l'enfant à sa manière.

Professeure des écoles en maternelle, Cathy retrouvait un peu de son fils dans chacun des garçons de sa classe.

Quant à Dominique, sa culpabilité l'enferma dans un mutisme sélectif. Sous la pression de sa femme, il consulta plusieurs psychologues. Aucun ne réussit à le libérer de sa névrose. Il reprit goût à la vie bien plus tard, lorsque Nora vint au monde.

Ne jamais prononcer le prénom de Gabriel était une règle à laquelle tous devaient se soumettre, y compris Nora.

Petite fille, elle confiait en cachette ses secrets à son frère prisonnier du cadre accroché sur le mur de la salle à manger. Plus grande, elle éprouvait toujours ce même besoin, c'est ainsi qu'il fut le premier à savoir qu'elle était enceinte.

Elle appela le bébé, Yvan.

****

Les années filèrent. Yvan avait désormais six ans. Il était excité de souffler sur les bougies du gâteau que sa grand-mère venait de poser devant lui.

L'enfant occupait la chaise qui était, jadis, celle de Gabriel. Derrière lui, son oncle immortalisé sur la photo, au même âge que lui, rayonnait. Les visages des deux enfants se trouvaient sur la même trajectoire.

D'un coup, les images se superposèrent en une seule devant les yeux troubles et troublés de Dominique.

Sa femme devina ses pensées et entonna un *Happy Birthday to You*.

Tous l'accompagnèrent.

Dominique aussi.

Yvan mangea sa part de gâteau après quoi, il annonça la grande nouvelle à son grand-père :

— Papy Dom, je sais nager sans bouée.

Cette phrase eut l'effet d'une bombe.

Le visage de Dominique blêmit, toute sensation s'effaça de son corps, il entra en transe hallucinatoire et, fugacement, « elle » lui apparut.

Le vieillard poussa un gémissement et perdit connaissance. On l'étendit sur le sofa, on humidifia son front avec un linge mouillé, on appela un médecin.

Quand il revint à lui, il n'eut qu'une idée : retourner là-bas, à Barfleur. Il devait « la » revoir.

C'était une évidence à laquelle il ne pouvait se soustraire. Il devait y aller. Et seul.

C'est ainsi que ce matin-là, le chef de la petite gare de Valognes vit descendre du train un vieillard un peu perdu qui lui demanda où se situait l'arrêt de l'autocar en direction de Barfleur.

Le bus le déposa devant l'hôtel.

Dominique déjeuna et fit une sieste. Il se disait qu'il lui fallait engranger un maximum d'énergie pour retourner là-bas.

Pour l'affronter.

En fin de journée, il quitta l'hôtel et prit place dans un taxi qui le conduisit à proximité de la petite crique.

Rien n'avait changé.

****

Dominique se tient face à la mer. La nuit prend ses aises et s'installe. Il regarde au loin.

Ses pensées circulent dans les méandres de son passé. Il est absorbé par Gabriel. Il croit apercevoir sa silhouette au loin.

Soudain, il entend :

— Daddy Dom ! Daddy Dom !

Il n'en doute plus, son fils est là. Et si tel est le cas, c'est qu'il l'a retrouvée : « elle ».

« Elle » est revenue !

Lui, qui souhaitait la reconquérir, n'a maintenant qu'une idée : lui échapper

Le bois ! Il y a ce petit bois, juste un peu plus loin.

L'homme s'y engouffre.

Le vent d'amont fait battre le cœur de la forêt et la pleine lune joue aux ombres chinoises avec les grands arbres noirs. L'odeur de la mer, qui vient jusqu'à lui, rappelle à Dominique cette odeur de mort.

Il frisonne.

Et soudain, elle est là.

Devant lui.

Elle s'est matérialisée.

Ils sont face à face.

Lui et sa mémoire.

Son corps est caché sous une cape de flou. De l'invisible, Dominique ne distingue que les yeux, des yeux qui l'accusent, le jugent, le blâment, le condamnent.

Son cœur s'emballe.

Il ne peut soutenir son regard et il se jette sur elle. Il faut qu'elle disparaisse, il doit la tuer.

Il ouvre ses mains. Ses phalanges se positionnent en griffes et encerclent le cou qu'il devine. Le bout de ses doigts cherche, parcourt, voyage.

L'homme invente, visionne.

Aspirés ensemble dans la spirale du passé, ils s'affrontent.

Dominique ne lui laisse pas de répit, il enfonce ses ongles dans la chair sans consistance.

La pénétration fait naître en lui un orgasme de douleur. L'homme pousse un hurlement, un cri de gorge.

Il ne se contrôle plus.

Elle, elle a les souvenirs à vif et elle a mal :

— Arrête ! Arrête !

Il comprend :

— Encore ! Encore !

Elle s'égosille :

— Stooop !

Il hurle :

— Non, encore !

Dominique appuie avec l'extrémité de ses deux pouces là où il présume la gorge de sa mémoire. Il serre de toutes ses forces.

Elle ne crie presque plus.

Il l'entend à peine.

Il presse encore.

L'ombre s'écroule.

Le vieillard s'enfuit laissant sa mémoire se désagréger sur le sol.

Subitement, il s'immobilise.

Il prend conscience qu'il l'a peut-être tuée. Si elle est morte, cela revient à dire que plus jamais il ne se souviendra de Gabriel.

Il doit l'empêcher de disparaître.

Il fait demi-tour.

Arrivé à l'endroit où il la laissée, il ne reste plus aucune trace d'elle.

Dominique pleure. Il sait qu'elle est repartie au pays de l'oubli emportant avec elle l'écho du passé, éteint à jamais.

Sa conscience se fourvoie alors dans l'illusion de ce qui a été et de ce qui est.

Il chante :

— Je l'ai tuée-e-e, je les ai tués tous les deux.

Titubant comme un marin ivre, il sort du bois. Parvenu dans la crique, il longe la côte, trébuche sur les restes d'une carcasse de cétacé rejetés par la mer et s'effondre sur le sable.

****

Couché dans un lit, le regard absent et confus, Dominique découvre les murs d'une chambre d'hôpital.

Une infirmière prend sa tension :

— Vous l'avez échappé belle ! Vous pouvez dire merci à ce couple qui vous a vu. Les marnages en cette période de l'année peuvent atteindre quatorze mètres les nuits de pleine lune.

Dominique n'écoute pas. Il fredonne :

— Je l'ai tuée-e-e, je les ai tués tous les deux.

— Qui avez-vous tués ?

Le vieil homme élude la question.

Quelqu'un s'approche de lui, l'appelle « mon chéri » et prétend être sa femme. Quelle drôle d'idée ! Il continue de chanter. La femme sanglote doucement. Elle sort un mouchoir de sa poche, s'essuie les yeux, se mouche.

On frappe à la porte.

L'homme tourne la tête.

Dora entre, Yvan la talonne.

Dominique détaille l'enfant.

Qui est-il ? Et qui est cette jeune femme qui l'accompagne ? Et cette autre qui pleure encore ?

Dehors la pluie tombe.
Elle martèle les vitres.
Fort. Très fort. De plus en plus fort.
Et l'homme entend la mer.
Et l'homme courbe la tête.
Et l'homme pose les mains sur son visage.
Et l'homme pleure.
Et l'enfant…
L'enfant le regarde…
Doucement, il s'approche, prend la main de son grand-père et murmure à son oreille :
— Ne pleure pas, papy Dom, demain on ira à la piscine… Je sais nager sans bouée.

****

Lettre à un bien-aimé

Souviens-toi !

Te rappelles-tu ce jour ?

Ce jour où dans ce café de la rue des Lilas, tu m'as ouvert tes bras, je m'y suis blottie comme une enfant.

C'est ce jour-là que tu m'as appelée « ma bien-aimée » pour la première fois en caressant ma joue. Les gens auraient pu nous prendre pour des amoureux mais je t'ai dit qu'il y avait quelqu'un d'autre dans mon cœur.

Tu as desserré ton étreinte.

En silence.

Délicatement.

À cet instant, je suis devenue pour toi l'Amie en majuscule, l'Amie bien-aimée que tu n'as cessé de chérir.

Nous avons fait route pendant toutes ces années, en parallèle, de part et d'autre de notre Amitié qui n'a jamais failli.

L'épaule sur laquelle je posais parfois ma tête parfumait mon bonheur, et à d'autres moments, ta présence dans ton absence me guidait sur les sentiers qui m'auraient fait trébucher sans elle.

Aujourd'hui, tu t'en vas.

Dans quelques instants, je te dirai adieu.

Je placerai cette lettre dans tes mains froides.

Ton souffle éteint rallumera nos secrets gardés et attisera ma peine. Tes paupières seront closes et mes yeux gourmands de souvenirs dessineront ton sourire que j'emprisonnerai au fond de mon âme.

Dans le silence de ta nuit, je t'entendrai me dire : « Continue de croire en toi ! Fonce, ma bien-aimée ! »

Et ce petit nom... ce petit nom que tu m'as offert un jour, je le glisserai dans un ultime baiser pour qu'il berce ton éternité.

****

L'impératrice de la chanson

Je m'appelle Pierre Delba.

L'histoire qui m'est arrivée vous paraitra invraisemblable et pourtant… Pourtant…

Un détail, cependant, est à préciser : au moment où commence mon récit, je n'avais jamais vu ni Zéna, ni Joséphine. Je ne connaissais, de la première, que la voix. Pour la seconde, nos échanges étaient réguliers mais…

Mais lisez plutôt !

Zéna débutait dans la chanson.

Elle possédait une voix magique, tant et si bien qu'on ne tarda pas à la rebaptiser : « l'Impératrice de la chanson ».

Zéna refusait de se produire sur scène, elle déclinait les invitations à participer aux émissions de télévision et ne répondait aux interviews que par l'intermédiaire de son agent artistique. Personne ne connaissait son visage, aucune photo d'elle ne circulait ni dans les magazines, ni sur la toile.

Seuls ses proches pouvaient l'approcher.

Ainsi, sa voix devenait son propre corps.

Certains étaient persuadés qu'une fée s'était penchée sur son berceau et qu'elle était la beauté incarnée. Au contraire, d'autres, se représentaient Zéna sous les traits d'une femme disgraciée par la nature.

La chanteuse devenait une image que chacun imaginait selon ses propres critères.

Régulièrement, les journaux à la mode clamaient haut et fort l'avoir approchée. On s'arrachait les publications espérant y trouver son portrait. Une semaine, elle était blonde ; la suivante, brune ou rousse. Tantôt, elle était mince et grande ; tantôt, grosse et petite. Un jour, on lui attribuait des lèvres pulpeuses avec des commentaires sur une supposée sensualité ouverte, voire plus ; le lendemain, ses lèvres fines se fermaient sur un sourire triste et non avenant. Ses yeux prenaient tour à tour la couleur du temps, devenant parfois ceux d'une biche, d'un chat ou d'une panthère. Au bout du compte, toutes ces informations contradictoires me ramenaient toujours au point de départ.

Zéna devint pour moi un point d'interrogation qui anima mes pensées jour et nuit. J'étais tombé sous le charme de sa voix et donc d'elle-même.

Mais le mystère demeurait entier.

****

Je surfais sur le net régulièrement à l'affût d'une information et, je dois l'avouer, j'allais de déception en déception.

Cependant, un jour, je fis une découverte qui allait changer le cours de ma vie : j'avais déniché un blog consacré à mon idole.

La personne qui l'animait se prénommait Joséphine. Elle logeait à Paris et moi dans le Jura. Elle venait de fêter ses vingt ans, soit quatre ans de moins que moi.

Je ne savais, d'elle, rien de plus.

Notre passion commune pour la chanteuse déboucha sur une correspondance qui dépassa rapidement le stade des civilités pour devenir un rendez-vous journalier sur la toile.

Mon but, vous l'avez compris, n'était pas de séduire Joséphine.

Après quatre mois de correspondance via Internet, elle me proposa de monter à la capitale, de nous rencontrer et de chercher ensemble des indices qui nous mèneraient à Zéna.

Elle disait avoir quelques pistes intéressantes.

Je répondis à son invitation.

****

De bon matin, ce jour-là, je m'installai, heureux, dans le train en direction de Paris. Le siège en face du mien était inoccupé, ce qui ne fut pas pour me déplaire car je pouvais étendre mes jambes.

Je regardais par la fenêtre sans vraiment voir le paysage, seule Zéna occupait mon espace. J'imaginais son physique : elle était pour moi la sirène d'un nouveau monde.

J'étais plongé dans mes pensées et j'ai sursauté quand cet homme s'est arrêté près de moi.

Il m'a salué d'un bref signe de tête.

Ç'en était fini de ma tranquillité car, à n'en point douter, il avait l'intention de s'asseoir en face de moi. J'ai évidemment ôté mes pieds du siège avec une excuse marmonnée lui faisant remarquer que mes semelles étaient propres.

Il n'a rien dit et a pris place. Il ressemblait à monsieur Tout-le-monde, il ne portait ni lunettes, ni moustache, ni barbe. Vêtu d'un pardessus beige, il ne s'était encombré d'aucun bagage. J'ai supposé qu'il revenait des toilettes et qu'il s'était trompé de place. Je me souviens même l'avoir vivement espéré.

Son visage n'appelait ni la sympathie, ni l'antipathie. Il se tenait le dos collé au dossier du siège, la tête droite, les mains, aux ongles propres et bien taillés, posées sur ses genoux.

Il me laissa l'observer quelques secondes puis il daigna enfin m'adresser la parole.

Sa voix, tout comme son apparence, était sans particularité, ce qui accrut mon étonnement, qui, à cet instant, se doubla d'une stupeur légitime car il venait de prononcer ces trois mots :

— Je connais Zéna.

Qui était cet homme ?

Pourquoi me parlait-il de Zéna ?

Ignorant mon regard, qui devait avoir l'air complètement perdu, l'homme ajouta :

— Donnez-moi votre numéro de téléphone et je vous contacterai dès que j'aurai obtenu un rendez-vous.

Je ne lui avais rien demandé. Je ne saisissais pas pourquoi il me témoignait une telle sollicitude.

De plus, comment pouvait-il être au courant de mes intentions et surtout comment avait-il pu me reconnaître ?

Par Joséphine ?

Cette hypothèse me sembla improbable, la jeune fille ne connaissait pas mon visage.

L'homme a insisté comme si tout était normal :

— Combien de temps avez-vous l'intention de séjourner dans la capitale ?

— Qui êtes-vous, Monsieur ?

— C'est moi qui pose les questions. Vous désirez rencontrer Zéna ? Oui ou non ?

— Oui.

— Alors répondez-moi : combien de temps comptez-vous séjourner dans la capitale ?

— Trois jours et deux nuits.

— Très bien, Monsieur Delba. Mais pour vous mettre en contact avec Zéna, j'ai besoin de votre numéro de téléphone.

Il m'avait appelé par mon nom. Comment le connaissait-il ? Même Joséphine l'ignorait.

Je trouvais la situation de plus en plus insolite, voire malsaine.

J'ai regardé ma valise, j'avais ficelé, sur la poignée, une étiquette sur laquelle j'avais noté mon adresse mais je n'avais pas spécifié mon nom. J'étais un citoyen honnête et lambda qui n'avait jamais défrayé la chronique en bien ou en mal.

— Qui vous a dit mon nom ?
— Quelle importance cela a-t-il ?
— Pour moi, ça en a.
— Si vous ne voulez plus rencontrer Zéna, dites-le !
— Bien sûr que je veux la rencontrer. Je fais le voyage depuis le Jura pour la voir.
— Eh bien, donnez-moi votre numéro de téléphone ! Sans cela, je ne pourrai pas vous contacter.

Mon désir de voir Zéna étant plus fort que tout, je lui ai tendu ma carte de visite.

Il a chiffré mon numéro de téléphone dans ses contacts et m'a rendu ma carte.

— Donnez-moi votre numéro en retour ! lui ai-je dit.
— Ce n'est pas nécessaire.

Il s'est levé et il est parti.

Le reste du trajet, je n'ai cessé de me demander si j'avais rêvé ou non.

Étais-je en train de perdre mon esprit ?

Je n'étais pas rassuré. Je devais à tout prix me ressaisir et oublier l'épisode dont j'étais en même temps, l'acteur et le spectateur.

****

L'hôtel se trouvait à proximité de la gare. J'y déposai ma valise. Il était treize heures et trente minutes, j'avais juste le temps de me rendre au Café de l'Espérance, là où je devais rencontrer Joséphine. Je ne connaissais pas son visage, elle avait refusé que nous échangions nos photos, prétextant vouloir tester notre synchronisation au moment précis de notre rencontre.

— Si nous sommes sur la même longueur d'onde, disait-elle, nous nous reconnaîtrons immédiatement.

Je trouvai le chemin assez facilement et devant la porte du café, je me dis que ce jeu était, après tout, fort amusant et qu'il pimentait notre relation.

Je poussai la porte d'entrée en scrutant soigneusement les gens attablés.

Une jeune fille attira mon attention.

Elle leva son visage vers moi. Quelle beauté ! Une merveille ! Sa chevelure auburn et ondulée descendait jusqu'à la taille de ce corps qui épousait, on le devinait, des formes parfaites. Ses yeux ressemblaient à deux petites amandes sucrées. Sa bouche bien ourlée était mise en valeur par un rouge à lèvres chatoyant.

Elle me souriait, j'étais sous le choc. Joséphine avait raison, nous nous reconnaitrions.

Je m'approchai quand, à quelques mètres de là une femme m'interpela.

La jeune fille aux cheveux auburn ferma son sourire et s'en alla. Je la regardai s'éloigner jusqu'à ce qu'elle se perde dans la foule puis je me dirigeai vers la voix qui m'appelait pour la seconde fois.

Au fur et à mesure que j'avançais, ma déception grandissait.

****

Joséphine n'était pas jolie, c'est le moins que l'on puisse dire. Un grand nez pointu émergeait d'un visage ovale tout en longueur et très maigre. Les cheveux noirs, trop frisés allaient dans tous les sens.

Elle se leva de sa chaise, m'invitant à me joindre à elle. À vue d'œil, elle mesurait à peine plus de trois fois un demi-mètre et son poids ne devait pas excéder quatre fois dix kilogrammes.

Elle se présenta en me tendant une main fluette cependant chaude et douce.

J'avais devant moi un petit laideron. J'aime le Beau et en l'occurrence, je n'étais pas gâté.

Je pense avoir réussi à masquer ma déception car elle me dit combien elle était ravie de faire ma connaissance dans la vraie vie.

Qu'aurai-je pu répondre d'autre que : « moi-aussi » ?

Cependant, décontenancé, voire embarrassé, je plaçai, d'emblée, Zéna au centre de notre discussion. N'était-ce pas, d'ailleurs, la raison de notre rendez-vous ?

Je la décrivis telle qu'elle apparaissait dans mes rêves et son portrait ressemblait à s'y méprendre à celui de la jeune femme qui venait de m'échapper. Je regrettais amèrement de ne pas l'avoir suivie car le doute m'assaillit, étais-je passé à côté de mon idole ? Je n'osais l'imaginer.

Je fis une pause.

Joséphine m'interrogea du regard. Ses yeux avaient perdu de leur éclat et je m'aperçus de ma cruauté : j'étais en train de lui brosser un portrait aux antipodes du sien. Elle devait me prendre pour un goujat.

Je devais changer de sujet de conversation.

Le premier qui me vint à l'esprit fut l'homme du train mais à peine avais-je ébauché mon récit que son mobile sonna.

Elle me pria de l'excuser. Une urgence, à laquelle elle ne pouvait se dérober, l'obligeait à me quitter. Elle était désolée, ce n'était vraiment pas de chance.

Elle me donna rendez-vous le lendemain à la même heure au même endroit et elle courut de toutes ses jambes courtes et frêles.

Dans un rebond, je lui criai :

— Votre numéro de téléphone… donnez-moi votre numéro de téléphone !

Elle était déjà hors de ma vue.

Joséphine, je devais bien l'admettre, avait dans le regard un petit quelque chose qui me touchait.

Me troublait. Presque.

Ce dissentiment brouilla mes idées toutes faites sur le Beau, néanmoins, fidèle à mes convictions, je décidai que je n'honorerais pas le rendez-vous du lendemain.

****

Je pris la direction de la maison de disques de Zéna. Je me perdis dans les rues de la capitale et quand j'arrivai devant, la nuit était presque tombée, je trouvai porte close.

Déçu, je rentrai à l'hôtel, un petit hôtel bon marché et très mal insonorisé.

Je fus le témoin auditif d'une dispute entre mes voisins du dessus puis d'une réconciliation à en juger par les grincements réguliers du lit accompagnés de petits cris et gémissements.

Georges m'avait prévenu :

— À Paris, les cloisons des appartements sont fines, il vaut mieux se prémunir et emporter de quoi se boucher les oreilles.

Je ne voulais pas entrer dans l'intimité du couple et je suivis les conseils de mon oncle parisien. Je garnis mes oreilles d'une boule de cire, ce n'est pas pour autant que je m'endormis facilement car Zéna m'obsédait ou, du moins, l'image de la jeune fille aux cheveux auburn.

Son corps était à lui seul une œuvre d'art.

La belle inconnue devenait, pour moi, la huitième merveille du monde et elle ne pouvait que s'apparenter à Zéna.

****

Je n'avais trouvé le sommeil qu'aux premières lueurs du jour et je dormais encore en fin de matinée quand la femme de service fit une intrusion dans ma chambre.

Elle hurlait dans mes oreilles :

— Il est midi ! Monsieur, il est midi ! Je dois faire votre chambre. Réveillez-vous, Monsieur ! Il est midi…

Tout s'embrouillait dans ma tête.

— Quoi ! Midi ! Ce n'est pas possible !

Je dus lui faire peur parce qu'elle détala comme un lapin. Quant à moi, j'avais gâché ma matinée et j'étais furieux.

Je me douchai, quittai ma chambre, achetai un sandwich et pris la direction de la maison de disques. Les grilles étaient ouvertes. J'entrai dans la cour et m'adressai au vigile posté devant l'entrée. Quand je lui fis part de l'objet de ma visite, il me renvoya poliment.

Je rebroussai chemin et pensai à Joséphine, je l'avais quittée avant qu'elle me donne ses pistes pour rencontrer Zéna. Il était peut-être encore temps de la rejoindre ? Je jetai machinalement un coup d'œil à ma montre : quinze heures. Il était trop tard. Elle m'avait attendu et je n'étais pas venu, j'étais un beau salaud.

Elle devait me haïr et je le méritais bien.

L'homme du train était le seul espoir pour moi de rencontrer Zéna. À condition que je n'aie pas rêvé. N'avais-je pas pris mes désirs pour des réalités au point d'avoir des visions ?

La réponse ne tarda pas : mon mobile sonna.

Un numéro inconnu s'afficha.

— Zéna dînera ce soir à *La Chanson Douce* au numéro treize de la rue du Solfège. Présentez-vous à la réception à vingt-et-une heures.

Il raccrocha.

Je retournai à l'hôtel, fouillai dans ma valise et me changeai.

****

Avec quelques minutes d'avance, j'entrai dans le restaurant.

Le maître d'hôtel s'approcha.

— Vous êtes attendu, me dit-il.

— Comment…. Comment en êtes-vous sûr ? bégayais-je. Je ne vous ai pas décliné mon identité.

— On m'a donné de vous une description précise, venez, suivez-moi !

Il me fit entrer dans une salle décorée en rouge et or. Des bougies illuminaient chaque table.

Je tremblais sur mes jambes comme un bambin qui marche seul pour la première fois.

Le maître d'hôtel m'indiqua une table un peu à l'écart. Je m'en approchai et distinguai le corps d'une femme. Je la voyais de dos.

Et cette femme entonna un chant que j'avais mille et une fois entendu.

C'était elle ! Zéna !

Elle s'est retournée, s'est levée et m'a tendu la main, une main fluette mais chaude et douce. La chanteuse mesurait à peine plus de trois fois un demi-mètre, ne pesait sans doute pas plus que quatre fois dix kilogrammes. Ses cheveux frisés allaient dans tous les sens. Elle devait avoir la vingtaine. Elle m'a souri et d'un coup je la trouvai belle malgré son nez un peu trop pointu qui émergeait d'un visage ovale un peu trop en longueur et un peu trop maigre.

— Comment dois-je vous appeler ? Joséphine, Zéna ou Impératrice ?

Elle éclata de rire.

Quelques mois se sont écoulés depuis notre rencontre.
Zéna continue de chanter.
Maintenant, elle ose se produire sur scène. Elle n'a plus honte de son physique, je lui ai appris à l'aimer parce que je l'aime, elle, ce petit bout de laideron si merveilleusement beau.
Demain est un grand jour, l'Impératrice de la chanson deviendra Madame Joséphine Delba.

Il nous arrive de parler de l'homme du train.
On lui a donné un nom.
On l'appelle « Destin ».

****

Purement sexuel

Jane décrocha le téléphone et parla à voix basse.

Je tendis l'oreille.

— D'accord, Tichéri ! À demain !

Tichéri ! Avais-je bien entendu ?

Jane a pour habitude d'affubler de diminutifs ceux qu'elle aime. C'est ainsi que je suis devenu un jour, Chouchou.

Ma nuit fut très agitée. L'existence de ce Tichéri avait réussi à gâcher mon sommeil.

En revanche, Jane avait dormi comme un bébé. Au matin, à peine levée, en super forme, elle fredonnait déjà une chanson entre deux becquées de son petit déjeuner.

Jane entra dans la salle de bain. Son attitude m'intriguait, je devais en savoir plus. J'avançai à pas de loup. Je ne souhaitais pas être vu et me contentai de l'observer à travers l'espace entre la porte et le mur, là où les gonds laissaient passer une fine ouverture.

Elle fit couler un bain moussant et s'immergea lentement comme si elle voulait prolonger un plaisir jubilatoire, emportée par une euphorie qui me dépassait. Elle prenait son temps sans se douter un seul instant de ma présence.

J'aurais pu rester comme ça des heures entières à la regarder et à imaginer ce que je ne voyais pas.

Quand elle jugea qu'il était temps d'en finir, elle se leva gracieusement et drapa son corps d'un peignoir blanc.

Elle se regarda dans la glace, se brossa les dents, badigeonna son visage de crème de jour et de fond de teint, ombra ses yeux, colora ses lèvres, recommença trois fois son maquillage.

Elle bougonnait :

— Trop noir, trop rouge, trop foncé, trop voyant.

Elle se coiffa, se décoiffa, s'aspergea de laque, fit la moue devant le miroir, se shampouina à nouveau.

Je trouvais qu'elle se donnait beaucoup de mal, vraiment beaucoup.

Qui était ce type pour qui elle prenait soin de paraître encore plus belle qu'elle n'était ?

Cette ardeur, qui ne m'était en rien destinée, me dégoûta. J'en éprouvai des nausées.

J'abandonnai Jane et retournai dans la chambre me blottir sous les couvertures.

Elle me rejoignit en chantonnant.

Et avec un toupet malséant, elle me demanda :

— Alors, qu'est-ce que tu penses de mon maquillage et de ma coiffure, Chouchou ?

Je m'obligeai à la regarder et dodelinai légèrement de la tête. Occulter ma colère relevait d'un tour de force mais je devais ne rien laisser paraître. C'eût été rompre le pacte édicté le premier jour de notre rencontre qui tenait en une phrase : « respect de la liberté de chacun et heureux de se retrouver. »

Jane est gourmande, elle ne se refuse aucun plaisir : elle aime la bonne chère mais aussi la chair de l'autre jusqu'à plus faim.

S'apercevant, sans doute, de mon air tristounet, elle me rassura en jurant qu'elle me reviendrait et que Tichéri était comme les autres, il ne comptait pas.

— Ne fais pas cette tête là, Chouchou, s'il te plait !... ajouta-t-elle. Est-ce que je suis jalouse, moi, quand tu profites de mon absence pour rendre visite à la voisine ?

Que pouvais-je répondre ?

Elle avait raison, la voisine me plaisait.

Rien à voir avec l'amour.

C'était purement sexuel.

Jane s'aspergea de vanille, le parfum que je préfère. Elle s'habilla tout de noir. Elle plaça sa poitrine généreuse dans un soutien-gorge à dentelle, ajusta un string aux mesures de ses fesses rebondies, le couvrit d'un porte-jarretelles, enfila une paire de bas en voile et les attacha avec précision.

Elle s'appliquait dans des gestes aériens puis elle s'admira devant la porte-glace de l'armoire en prenant une pause lascive. Elle dégagea à ce moment-là une telle sensualité que je dus fermer les yeux pour ne pas sauter sur elle.

Jane glissa sur sa taille une jupe courte qu'elle maria à un pull de coton au décolleté plongeant. Elle se chaussa d'une paire d'espadrilles d'au moins dix centimètres de hauteur et jeta un carré de soie sur ses épaules.

Elle empoigna son sac à main.

— Je suis en retard, me lança-t-elle. À ce soir, Chouchou !

Et elle claqua la porte derrière elle, m'abandonnant sans aucun remord.

****

J'ignorais qui était ce Tichéri. Si je voulais satisfaire ma curiosité, je devais faire vite. Pas le temps de faire ma toilette.

Je suis passé par l'arrière de la maison et j'ai pris Jane en filature.

Elle s'est arrêtée au square à deux rues de notre pavillon.

Un homme lui a fait signe.

Il était grand. Un géant à côté de moi ! Ses cheveux noirs grisonnant lui conféraient le charisme d'un homme mûr, bien dans sa peau.

Face à lui, je n'étais qu'un jeune mâle insignifiant.

Jane a couru vers lui.

Je me suis caché derrière un arbre.

Leur étreinte a duré une éternité.

J'allais devoir me battre pour garder mon statut de préféré. Et ça me rendit furieux.

Après s'être enfin dessoudés, ils ont marché dans les rues du quartier en se tenant la main. Ils sont entrés dans le magasin de lingerie fine devant lequel je passais tous les jours sans jamais franchir la porte.

Je les ai observés de l'extérieur : ils dépliaient à quatre mains les dessous chics qui étaient rangés avec soin dans leur boîte. J'épiais chacun de leurs gestes en veillant à être le plus discret possible. Tichéri lui a tendu un ensemble string noir à dentelle rouge assorti d'un soutien-gorge et elle est allée en cabine d'essayage.

Quelques minutes plus tard, Jane a bougé le rideau de la cabine, invitant son Tichéri à y passer la tête. La vendeuse était accaparée par une cliente et le bougre en a profité pour s'engouffrer à l'intérieur.

Combien de temps est-il resté ?

Trop longtemps.

Je rageais.

Quand Jane l'a libéré, la vendeuse l'a aperçu, elle est allée vers lui. Elle n'était pas dupe mais, en bonne commerçante, elle a esquissé un sourire mi-figue, mi-raisin.

Être témoin de leur complicité m'anéantissait.

Et pour couronner le tout, au moment de payer, Jane a présenté sa carte bancaire, Tichéri l'a repoussée d'une main et de l'autre, il a sorti plusieurs billets de son portefeuille.

Je n'étais pas en mesure d'offrir ce genre de cadeau à Jane.

Ils ont rebroussé chemin en direction du pavillon.

****

Je ne rentrais jamais à la maison avant dix-huit heures. Jane le savait mais si elle s'imaginait que je ne les dérangerais pas, elle se trompait car j'étais bien décidé à les surprendre.

Pour ce faire, j'ai longé discrètement l'arrière du pavillon.

C'est là que se trouve la chambre.

Les volets roulants, fermés à moitié, laissaient apparaître le bas de la vitre. Le voilage légèrement décalé sur la droite me permettait de les voir.

Il était nu !

Déjà !

Décidément, il était rapide.

Elle avait gardé ses bas et son porte-jarretelles.

Il lui caressait les jambes et lui mordillait les orteils à travers la soie.

Moi qui pensais en avoir l'exclusivité !

Ainsi, j'avais raison, il était à deux doigts de m'évincer et de voler ma place de préféré.

Je bouillonnais de l'intérieur.

Mais voilà !

La tempête qui grondait en moi s'est brusquement tue lorsqu'il s'est retourné. À cet instant, j'ai compris que j'avais déjà perdu. Imaginez un peu ! Il était équipé comme personne. En comparaison, ma virilité ne valait pas une cacahuète.

Si j'avais pu faire un vœu, il aurait été celui de me transformer en tigre, de casser la fenêtre et de le mordre au bon endroit. Malheureusement, je ne possédais pas ce pouvoir, je n'étais pas un tigre et pire, Jane avait fait de moi quelqu'un d'autre. Elle avait limé la sauvagerie qui faisait ma réputation d'antan.

Avant de vivre avec elle, j'habitais sous les ponts. J'étais ce qu'on appelle un Sans Domicile Fixe, un S. D. F. que tous craignaient.

Quand Jane m'a recueilli chez elle, sans aucun bagage, trempé jusqu'aux os, elle a juré qu'elle ferait de moi quelqu'un de civilisé.

Je dois admettre qu'elle a réussi son pari car je les ai abandonnés là, au milieu de leurs ébats.

La tête baissée, j'ai pérégriné dans les rues jusqu'au soir en moulinant des idées noires.

Puis, vers dix-huit heures, j'ai pris le chemin du retour avec la ferme intention de passer l'éponge sur son escapade.

Après tout, ce n'était que purement sexuel pour elle aussi !

Comme moi, avec la voisine.

Ça n'avait aucune importance.

Je me suis raisonné du mieux que j'ai pu, je me disais :

— Allons Chouchou ! Tu en as vu d'autres. C'est toi qu'elle aime. Tu vas rentrer, poser ta tête sur ses genoux et tu te laisseras faire... tu laisseras ses mains caresser ton dos, ta nuque, ton ventre, ta collerette de poils blancs et elle fera de toi à nouveau le plus heureux des matous.

En boule derrière la porte

Bertie travaillait en milieu hospitalier trois fois par semaine de vingt heures à six heures du matin.

Ces nuits-là, j'avais la garde de Félix, un chat de gouttière au poil épais de la couleur du caramel brûlé que ma compagne avait décidé d'adopter, sans me demander mon avis.

Ce dernier détail est important.

Les premiers temps, j'essayai, malgré tout, de devenir son ami. Je l'aimais bien mais je m'aperçus très vite que la réciprocité n'était pas d'actualité. Quand j'amorçais un dialogue, il m'ignorait. Parfois j'insistais, il me toisait alors un court instant puis me tournait le dos. Il avait une façon bien à lui de dresser la tête tout en la ramenant vers l'arrière et avec un dédain sournois, il allait s'asseoir sur son coussin jaune et rouge.

Partant de là, j'avais pris le parti de l'ignorer moi-aussi. Nous nous supportions dans une indifférence mutuelle mais un soir…

Oh ce soir-là ! Si je pouvais l'effacer de ma vie, je le ferais car il a marqué le début de mon malheur. Vous allez vite en convenir.

J'étais rentré plus tôt que d'habitude et je les ai découverts tous les deux sur le canapé, Bertie allongée et Félix sur son ventre.

À partir de cet instant, je considérai l'animal comme un rival. Il me devint impossible de subir sa présence plus longtemps, son regard de félin qui vous fixe de ses yeux ronds écarquillés, sa position statique où seule la queue bouge au rythme du plan qu'il élabore pour prendre votre place.

Et ses poils !... Parlons-en de ses poils. Ils se collaient partout : sur le canapé, sur mes pantoufles, sur mes habits.

Je tentai plusieurs fois de faire comprendre à Bertie que Félix n'était qu'un chat ; que l'appartement me paraissait exigu pour trois ; qu'il fallait nous débarrasser de l'animal.

Elle ne voulait rien entendre.

Le comble a été le jour où elle m'a ordonné, oui j'ai bien dit « ordonné », de baisser la voix arguant que si son chat m'entendait, il risquait de se sentir rejeté et de déprimer.

Un chat ! Déprimer ! On aura tout vu !

Mais elle était têtue, ma Bertie, et pas moyen de la faire changer d'avis. Je n'avais pas le choix, je devais accepter que Félix cohabite avec nous.

****

Certains soirs, l'animal était si présent qu'il prenait toute la place. Il me provoquait dans un match de rapidité pour obtenir les faveurs de notre bien-aimée car nous aimions Bertie chacun à notre manière.

Ce qui me rendait jaloux, c'était la tendresse qu'elle manifestait à son égard.

Je revendiquais l'exclusivité de son amour quel qu'il soit.

J'avais toutefois réussi à imposer une règle : « interdiction à l'animal d'entrer dans la chambre à coucher ». Interdiction formelle. Sous aucun prétexte.

J'avais prévenu Bertie que je serais implacable si le chat y dérogeait. J'étais prêt, l'avais-je menacée, à couper la gorge de l'animal. Évidemment, je n'en avais pas l'intention ; elle se méfia néanmoins et se chargea de l'expliquer à son chat qui, selon elle, était un spécimen en son genre puisqu'il comprenait tout.

Autrement dit, j'avais la chance de côtoyer en permanence un chat savant et je n'en étais pas conscient. Elle disait qu'il ne lui manquait que la parole.

Je reconnais que sur ce coup-là, il semblait avoir assimilé la leçon : il ne franchissait pas la porte de la chambre, il s'arrêtait au beau milieu du palier. Dès qu'il me voyait arriver, il se mettait de côté et me cédait le passage, je claquais alors la porte derrière moi.

Je dois avouer que j'éprouvais une joie immorale à l'imaginer en boule derrière la porte ou à s'étirer de tout son long telle une carpette pour mieux tendre l'oreille quand Bertie pépiait, couinait, gloussait, hululait de plaisir. Et bien que Félix ne soit qu'un chat, cette idée-là exaltait mes sens. Pour peu, j'aurais levé mon interdiction et l'aurais invité à nous regarder. Savoir qu'il nous entendait, attisait mes sens : je retrouvais ma part animale et j'aimais ça.

Comme je le disais, le chat n'entrait pas dans la pièce interdite, du moins, c'est ce que je croyais jusqu'à ce soir-là où Bertie travaillait et que je découvris des poils sur mon oreiller !

Des poils de la couleur du caramel brûlé !

Je tempêtai :

— Tu croyais que je ne m'en apercevrais pas ! Postiche ébouriffée ! Carnivore stupide ! Espèce de connard de matou ! Fauve avorté…. (Et j'en passe…)

Félix resta caché toute la nuit.

Le lendemain, je dus, étant donné la réaction de son chat qui n'osait se montrer, en référer à Bertie.

Elle cajola son minet chéri et me reprocha mon emportement.

Je lui promis de me contrôler à l'avenir et l'affaire fut close.

Félix avait gagné la partie.

L'animal afficha un air arrogant, paupières mi-closes, oreilles légèrement tournées.

On dit que les chats ne sourient pas.
Eh bien, si !
Je l'ai vu, son sourire de vainqueur.
Il avait dépassé les bornes.
Dès lors je n'eus plus qu'un mot en tête : poison. Je ne pensais plus qu'à ça : empoisonner l'intrus.

J'achetai de la mort-aux-rats.

****

Le soir suivant, Bertie était aussi de garde à l'hôpital. J'en profitai pour mettre mon plan à exécution. Je fermai la porte de la cuisine et mélangeai le poison à la pâtée du tigre lilliputien.

Je jubilais et me mis à rire, à rire sous cape, on ne sait jamais, pour peu que l'animal m'entende, il aurait pu se poser des questions.

Dernière étape, la plus importante : amadouer Félix pour qu'il ne se doute de rien.

Je m'approchai, lui tapotai le dos amicalement.

— Alors, mon vieux ! lui dis-je sur un ton amical. En forme ce soir ?

On dit que les chats ne sont pas expressifs.
Eh bien si !
Je l'ai vue, sa mine d'étonnement, il a ouvert la gueule quelques secondes en formant un O et ses yeux sont devenus plus grands.

Il m'a regardé, ce nigaud rétréci, pupilles béantes et oreilles dressées orientées vers l'arrière puis il a plissé les yeux et il est allé se poser sur son coussin jaune et rouge.

J'ai mis sa gamelle à l'endroit habituel et j'ai observé l'animal de loin.

Il a tourné la tête, s'est positionné sur ses quatre pattes et il s'est dirigé vers sa nourriture.

Il a eu une seconde d'hésitation mais comme je le soupçonnais, et quoiqu'en pensait Bertie, Félix était en réalité bête comme chou parce qu'il a tout dévoré et a crevé sous mes yeux.

Ce que je n'avais pas prévu, c'était la sentence du Créateur car à peine avais-je eu le temps d'apprécier ma victoire que je tombai raide mort.

Mon âme entra dans le passage de l'au-delà.

Le Tout-puissant la foudroya et la condamna à revenir parmi les vivants dans ce corps fait de poils couleur du caramel brûlé.

Je miaulai et marchai sur quatre pattes.

Quand Bertie découvrit mon corps d'humain gisant sur le sol et sans vie, elle cria, elle pleura.

La peine, que visiblement, elle ressentait me brisa le cœur et en écho, mon esprit me cria :

« Tu n'aurais pas dû, tu n'aurais pas dû ». Malheureusement, l'heure n'était plus aux regrets, ni aux remords, il ne me restait qu'à assumer les conséquences de mon acte.

On enterra l'âme de Félix dans l'enveloppe charnelle de l'homme que je fus.

Et de loin, j'assistai aux funérailles de mon propre corps.

****

Je vécus dorloté par ma maîtresse pendant deux belles années. Nos ébats d'humains étaient terminés mais ses mains douces me couvraient de caresses.

Elle restait fidèle à l'homme qu'elle avait connu, elle regardait souvent nos photos et quand je voyais des larmes couler sur ses joues, je sautais sur ses genoux. Elle me prenait dans ses bras. Blotti au creux de ses seins, je miaulais ma peine. J'étais parfois si triste que c'est elle qui me consolait.

****

Au fil du temps, je me suis fait une raison, d'ailleurs avais-je une autre alternative ?

Je n'étais pas vraiment heureux, bien sûr, mais finalement, je n'étais pas si malheureux, enfin, je veux dire jusqu'à la venue d'un homme, d'un vrai, d'Hector, de cet homme que je hais.

Je me souviens comme si c'était hier du jour où je l'ai vu pour la première fois.

Pour lui, Bertie avait revêtu sa robe noire fendue sur le côté. Elle était plus que désirable.

Quand il a sonné, elle est descendue me laissant seul sur un bref « au-revoir ! ». J'étais effondré, jamais elle ne m'avait quitté ainsi.

J'ai attendu son retour, couché sur la couverture du lit. Je précise qu'elle avait levé l'interdiction que j'avais imposée à Félix.

À une heure avancée, j'ai entendu le bruit de la clé dans la serrure de la porte d'entrée. D'un bond, j'étais sur mes pattes.

Hector la tenait par la taille et l'embrassait tout en la conduisant dans la chambre.

Je les ai suivis. Bertie m'a demandé de partir. J'ai fait semblant de ne pas comprendre.

Hector m'a pris dans ses bras et déposé derrière la porte qu'il a claquée derrière moi.

Mes poils se sont hérissés.

J'étais dans une colère pas possible.

Et j'ai pensé à Félix.

C'était mon tour à présent d'entendre ce que, lui, avait mille et une fois entendu. D'autant que Bertie commençait déjà à extérioriser son plaisir. Il faut dire qu'elle avait fait vœu d'abstinence depuis si longtemps !

****

Quand j'étais un homme et que je revendiquais ma condition et ma supériorité par rapport à l'animal, Félix se mettait en boule derrière la porte et il attendait patiemment.

Je me suis dis que l'imbécile n'avait pas été très malin. Ce qui, au fond, était normal car il n'avait été qu'un simple chat de corps et de tête alors qu'en ce qui me concerne, mon apparence ne correspond en rien à mon esprit d'humain, je sais encore réfléchir et je ne comptais pas être exclu de leur plaisir.

Prestement, je suis allé jusqu'à la porte d'entrée, j'ai mis dans ma gueule le boudin de tissus que Bertie avait placé au sol pour empêcher le froid de passer. Je l'ai déposé près de la porte fermée de la chambre à coucher.

Là, je me suis mis à cheval dessus.

Et frotti frotta, j'ai fait mon affaire contre le boudin.

J'étais tellement pris par mon propre plaisir que je n'ai pas entendu Hector sortir de la chambre.

Il m'a vu faire.
Il a ri.
Il riait à se tordre :
— Eh Bertie, tu as vu ? Ton chat fait son jeune homme !

Quel crétin, cet Hector !

****

Mon Dieu, qu'elle était laide !

Quelle journée ! Et quelle rencontre !

Figurez-vous que ce matin ma petite Josette se lève avec une rage de dent.

Je compose aussitôt le numéro de téléphone du cabinet médical. Par chance, il reste encore une place disponible avant midi.

Nous voilà donc toutes les deux dans la salle d'attente. Ma fille souffre, elle s'agite sur sa chaise.

Je la calme :

— Encore un peu de patience, ma chérie, dès que cette porte s'ouvrira, ce sera à nous d'entrer.

Je la prends sur mes genoux. Je la berce un peu, elle s'apaise. Les antalgiques commencent à faire de l'effet. Elle s'assoupit.

Quelqu'un marche dans le couloir.

On frappe.

Un homme entre.

— Bonjour, Madame !

— Bonjour, Monsieur !

L'homme cravaté et vêtu d'un costume bien coupé s'assied en face de moi, il a une petite dans les bras qu'il secoue :

— Réveille-toi ! Nous sommes arrivés.

Je la vois de face.

Mon Dieu, qu'elle était laide !

J'observe la petite.

Elle me lance un regard furibond.

Je suis sûre qu'elle a lu dans mes pensées. J'ai de la peine pour elle. Elle est si maigre et ses membres sont tellement courts pour sa stature ! Ses yeux ressemblent à deux petites boules de terre placées de chaque côté d'un sinus frontal écrasé par un nez démesurément plat.

J'essaye de dénicher quelque part un semblant de beauté. Peine perdue.

Mon Dieu, qu'elle était laide !

Voici qu'elle s'impatiente et gesticule.

L'homme la raisonne :

— Pénélope, reste tranquille ! Ce ne sera plus long.

Et là, je reste bouche bée. Quel joli prénom ! Mais dites-moi donc, quel joli prénom ! Bien plus joli que celui de « Josette », trop souvent transformé en « Chaussette ». Les jaloux, évidemment ! Il y a tant de gens jaloux sur terre.

Elle est si belle, ma fille ! Je l'ai appelée ainsi en souvenir de mamie Josette.

Ce n'est pas une mince affaire que de choisir un prénom, c'est pour la vie.

Pensez aux petits qu'on appelle Napoléon, Mercure, Aphrodite, Picasso, Zizi, Vagina ! Imaginez un peu leur honte devenus adultes ! C'est payer cher le délire de parents inconscients.

Mais chacun fait comme il veut.

N'est-ce pas ? Je ne juge personne.

Pénélope me dévisageait.

Mon Dieu, qu'elle était laide !

Sans me quitter des yeux, elle redresse la tête comme pour me défier. Elle est rousse. Une touffe de cheveux est ramenée sur le sommet du crâne d'où surgit un palmier enrubanné d'un flot rose fuchsia. Elle porte une veste rouge à fleurs mauves, sans doute achetée dans un magasin de luxe, certains détails ne trompent pas comme la dorure des boutons ou encore le petit galon cousu à l'emmanchure.

Par simple curiosité, j'ai eu envie de connaître la marque de son vêtement. Juste histoire de savoir. J'ai regardé de plus près. Une étiquette dépassait du col de son habit.

J'ai fait mine de m'intéresser à un magazine qui se trouvait sur le guéridon placé à côté d'elle et j'ai tendu le cou.

Je ne m'étais pas trompée, son manteau portait bel et bien la griffe d'un grand couturier dont je n'ose même pas vous dévoiler le nom. Dépenser autant d'argent pour une petite ! C'est de la folie.

Mais chacun s'habille comme il veut.

N'est-ce pas ? Je ne juge personne.

Pénélope me fixait d'un air malheureux.
Mon Dieu, qu'elle était laide !
Et voilà qu'elle baille. Je découvre ses dents jaunes. Mais d'un jaune ! Comme si elle en avait badigeonné l'émail de poudre de curry. Ne lui a-t-on jamais appris les rudiments de l'hygiène bucco dentaire !

J'ai envie de dire :
— Monsieur, voyez donc les dents de ma Josette ! Si blanches ! Elle pourrait faire une publicité pour du dentifrice.

Pauvre petite, je n'ose me représenter l'état de sa denture d'ici quelques années. Et ses oreilles ! Exagérément larges à la base, puis longues, tellement longues que c'est à se demander si elle n'a pas un grand frère qui se serait amusé à tirer dessus.

Je me retiens de suggérer :
— Monsieur, cachez ses oreilles ! Mettez-lui un turban ! Otez-lui ce palmier ridicule !

Mais chacun fait de ses dents et de ses oreilles ce qu'il veut.

N'est-ce pas ? Je ne juge personne.
Pénélope ne me quittait pas des yeux.
Mon Dieu, qu'elle était laide !
Cette petite me mettait mal à l'aise.
A-t-on idée d'être aussi laide ?

****

Soudain, la porte de la salle d'attente s'ouvre.
La secrétaire appelle Pénélope qui se lève.

Je réagis :

— Excusez-moi, mademoiselle, c'est au tour de ma Josette.

— Non, Madame, me coupe la secrétaire, sur mon carnet de rendez-vous, Pénélope est avant Chaussette.

Je m'énerve :

— Pas Chaussette ! Mais Josette !

J'avais élevé la voix et ma fille s'est réveillée. Elle a remarqué la porte ouverte. Ma Josette est intelligente, elle a compris que son tour était venu et elle a bondi de sa chaise. L'autre petite a suivi.

Vous pensez bien que je n'allais pas me laisser marcher sur les pieds !

— Mademoiselle ! Nous sommes ici depuis un bon moment et ma Josette...

Et là, voilà que l'homme tiré à quatre épingles m'interrompt :

— Calmez-vous, Madame ! Il n'y a pas de quoi en faire un drame. Allez-y puisque c'est le tour de votre Josette ! Viens ici, Pénélope !

Josette a fait un pas vers l'autre petite. Elle l'observait en la contournant. Je me suis dit qu'elle devait la trouver laide. Pas du tout ! Elle l'admirait ! Elle s'attardait sur son palmier que je trouvais ridicule, sur son vêtement que je trouvais de mauvais goût, elle contemplait son nez que je trouvais trop plat et semblait même envier ses oreilles que je trouvais trop longues.

Après quoi, Josette s'est rapprochée de Pénélope, tête contre la sienne comme pour lui dire un secret.

L'homme a rappelé sa fille, j'ai rappelé la mienne. Aucune n'a obéi.

Et avec un toupet et une complicité qui dépassent l'entendement, les deux petites chiennes sont entrées ensemble dans le cabinet du vétérinaire en aboyant joyeusement.

****

Texte primé :
Concours Association Culture d'Antibes (2007)

L'heure des chaussettes

Le moment est venu.
Celui de partir.
Il enfile ses chaussettes, ses chaussures, noue ses lacets, met sa veste, prend son portable.
Il s'approche, la serre dans ses bras, l'embrasse.
Elle voudrait lui dire :
— Va-t'en ! Vite. Ça fait trop mal.
Mais elle se tait et répond à son baiser.
Un long baiser.
Et doucement, ils se détachent l'un de l'autre.
Il part.
Elle ferme la porte.
Il va aller là-bas.
Dans la maison qu'il partage avec l'autre.
Elle lui fait un signe par la fenêtre.
Il lui envoie un baiser…
Et démarre.
Le bruit du moteur s'éloigne avec lui.
Elle regagne sa chambre, celle qui a été la leur.
Juste quelques heures.
Le lit est défait.
Les draps froissés.
Les oreillers creusés par leurs nuques.

C'était tout à l'heure.
Presque maintenant.
Blottis l'un contre l'autre.
Un seul corps.
Le fruit défendu.
Consommé.
Un bonheur en pointillé.
De pleins et de vides.
Elle est couchée dans son grand lit.
Elle pense à lui, à eux, à l'autre.
La nuit commence.
L'obscurité dehors… Dedans…
Elle ferme les yeux.
Elle l'imagine avec l'autre.
Une vie sans elle.
Elle le sait, on ne refait pas sa vie.
Juste d'un claquage de doigt.
Abandonner.
Détruire.
Casser.
Quitter son confort.
Ses habitudes.
Ses amis.
Sa famille.
Recommencer.
Reconstruire.
Renaître.
C'est trop dur.
Plus facile de renoncer.
Ne pas s'interroger.
Composer.
Et se taire.

Je t'aime
Tu le dis trop.
C'est parce que je t'aime.
Aime-moi un peu moins !
Et toi, aime-moi plus !

Elle soupire.
Elle regretterait presque de l'avoir rencontré. C'est mieux de ne pas connaître le bonheur. On ne peut pas être en manque.
Elle soupire encore.
Elle pleure.
La prochaine fois, elle cachera ses chaussettes et il restera.
Elle s'illusionne.
Elle sait qu'il repartirait les pieds nus.

Elle sursaute.
Un texto dans la nuit… un « Je t'aime ».
Elle ne répond pas.
Elle ne répondra pas.
Plus jamais.

****

Une de trop

À cette époque, j'étais jeune mécanicien et Marie-Lou, infirmière à domicile. Elle possédait une Ford Fiesta en très mauvais état. Un jour le moteur sifflait, un autre la clim chauffait, un autre encore les feux arrière ne s'allumaient plus, le lendemain c'était au tour des essuie-glaces qui refusaient de balayer.

Au bout d'un an de rafistolages cahin-caha, Marie-Lou se décida enfin d'investir dans un véhicule convenable. Elle avait repéré une voiture sur une annonce d'un particulier diffusée sur le net et me demanda de l'accompagner chez son propriétaire pour la conseiller.

La voiture me sembla être une bonne occasion. Je réussis à négocier le prix.

Marie-Lou jubilait :

— Ça se fête. Ce soir je vous invite au restaurant.

Après le dîner, je la raccompagnai, elle me fit monter chez elle pour un dernier verre.

Un an plus tard, nous étions mariés.

****

Marie-Lou n'avait rien d'une séductrice.

Elle ne faisait preuve d'aucune fantaisie.

La plupart du temps, vêtue d'un tailleur pantalon à pinces en gabardine ou tweed de laine selon les saisons, son allure avait quelque chose de démodé, voire ringard. Quant à ses pieds, je ne me souviens pas les avoir vus autrement que dans des mocassins plats ou en soirée, dans ses sempiternelles charentaises assorties à sa robe de chambre en flanelle rose usée par le temps.

Certains diront qu'on s'habitue à tout. Pour ma part, je dois avouer que j'ai dû prendre sur moi en me persuadant que ce n'était qu'un détail puis au fil du temps, j'ai, moi-aussi, abandonné les rites du mâle amoureux.

Nous avons coexisté dix ans ainsi sans piment avec, cependant, une complicité authentique basée sur l'attachement plutôt que sur la passion amoureuse.

****

Et Coralie est arrivée.

Elle remplaçait le comptable qui prenait sa retraite. Fraîche, pétillante et sexy, Coralie était l'opposée de Marie-Lou. Je n'avais jamais trompé ma femme mais elle mettait le feu en moi et je n'ai pas pu résister. Je lui ai fait une cour assidue. Bien qu'au début, elle ait montré une certaine réserve, elle a fini par céder.

Elle avait vingt ans de moins que moi, il n'en fallut pas plus pour flatter mon ego.

Elle n'ignorait pas que j'étais marié, ce qui ne l'empêchait pas de penser qu'elle pourrait prendre la place de ma femme.

— Bientôt tu ne pourras plus te passer de moi. Un jour, on vivra ensemble, affirmait-elle.

J'approuvais, bien sûr, sans lui dire le fond de ma pensée. Ce qui comptait pour moi était de vivre le présent intensément.

Néanmoins, ce qui m'agaçait parfois, c'était sa façon de se plaindre :

— Notre situation n'est pas équitable...

Elle me culpabilisait et je détestais ça.

****

Ce matin-là, je devais rejoindre Coralie dans son studio. Nous avions pris notre journée en même temps comme nous le faisions régulièrement. J'étais doublement heureux parce qu'elle avait « une nouvelle de la plus haute importance à m'annoncer », m'avait-t-elle dit.

J'avais menti à ma femme en la prévenant que je rentrerai tard en invoquant un travail imprévu sur une voiture accidentée.

Elle ne me demandait jamais de précision et ça m'arrangeait bien.

J'étais prêt à démarrer quand je vis Marie-Lou me faire de grands signes à la fenêtre du salon. Elle levait le bras et montrait mon portable que j'avais oublié.

Elle vint jusqu'à moi et me le tendit.

Le remord m'effleura, elle ne méritait pas que je la trompe, je n'étais pas vraiment fier de moi mais je me déchargeai de tout reproche, je passai outre car ma petite Coralie m'attendait.

Un détail m'interpella pourtant, Marie-Lou semblait préoccupée, voire contrariée. Quand elle me souhaita une bonne journée, je crus même déceler dans sa voix quelque-chose qui m'échappa et qui me sauta aux yeux quelques minutes plus tard.

En effet, au bout de la rue, alors que j'étais sûr de n'être pas vu par Marie-Lou, je m'arrêtai, je voulais relire le dernier message de Coralie, celui de la veille, celui où elle m'écrivait « je t'aime » en eskimo, pour l'apprendre et le lui susurrer à l'oreille.

Je cliquai donc sur « message reçu ».

Une surprise m'attendait, et une de taille car le texto qui m'intéressait n'était pas le dernier. Un nouveau m'était parvenu et il venait aussi de Coralie, or il avait déjà été ouvert.

Il disait :

Hâte de tes baisers, de tes mains sur mon corps, sur mes seins brûlants. Viens vite ! Ta Coralie qui t'aime.

Il se terminait par un immense cœur.

La seule personne qui aurait pu le lire était ma femme. Elle connaissait mon mot de passe car le jour de notre mariage nous étions convenus d'un pacte : se dire toujours la vérité, avoir confiance l'un dans l'autre et ne rien se cacher. Ainsi, nous avions décidé, d'un commun accord, d'utiliser le même code d'accès sur nos téléphones respectifs, en l'occurrence la date de notre mariage. Nous étions jeunes et ne mesurions pas les conséquences potentielles de cet arrangement.

Pour ma part je n'avais jamais farfouillé dans son téléphone et je m'apercevais que ce n'était pas réciproque. Ainsi, elle m'espionnait. Depuis quand lisait-elle mes messages ? Était-elle au courant de ma liaison ?

J'arrivai chez Coralie, l'esprit perturbé, toutefois, sitôt la porte d'entrée franchie, je devins un autre.

****

Quand Coralie enroula ses bras autour de mon cou, je lui demandai quelle était cette grande nouvelle.

— Tout à l'heure. Viens !

Elle me prit par la main et m'emmena dans sa chambre. Elle me rendait fou. Sa sensualité déferlait sur moi en un désir que je ne pouvais contrôler.

Notre rapport fut encore une fois explosif.

Je savourais ce moment de bien-être qui vous envahit tout entier après l'acte d'amour quand j'entendis Coralie murmurer à mon oreille :

— Tu vas être papa.

Aucun son ne sortit de ma bouche.

Coralie ne tenait plus en place, elle tirait des plans sur la comète.

Je ne l'écoutais qu'à moitié.

Une histoire à trois, c'était déjà compliqué. Mais à quatre ! Est-ce qu'elle brandirait le petit en guise de chantage ?

Somme toute, j'étais un faible, je savais que je n'aurais pas le courage de quitter ma femme. La voir pleurer, me supplier, essayer de me retenir eût été trop douloureux.

Je retournai le problème, malaxai les éléments inconciliables et la conclusion restait toujours la même : une personne était de trop.

Mon esprit noyé dans une peur proprement masculine s'engorgea dans des raisonnements démentiels. Et comme une évidence, la réponse se présenta à moi : Marie-Lou devait mourir.

J'édifiai un plan pour la tuer.

Je me disais que le plus facile pour moi était de bidouiller les freins de sa voiture. Personne ne s'en apercevrait. Je ferais un travail de pro.

Le lendemain était un samedi. Exceptionnellement, je ne travaillais pas. Et Marie-Lou avait rendez-vous chez le coiffeur dont le salon se trouvait à une centaine de mètres de notre maison.

J'esquissai un plan.

« Elle s'y rendra à pied, ai-je pensé. La coupe et la permanente lui prendront deux à trois heures : j'aurai le temps de m'appliquer. Ce sera un accident. On me plaindra, moi, le veuf éploré. »

J'avais élaboré ce scénario en un temps record submergé par une panique et une terreur que je ne parvenais pas à maîtriser.

Je ne soufflais mot à Coralie.

Quand vint le moment pour moi de partir, elle me supplia de rester.

Le ton brusque et énergique que j'employai pour lui dire non, la fit pleurer.

Elle m'exaspérait à la longue avec ses jérémiades mais sa petite bouille si triste m'attendrit. Elle me fit fondre comme à chaque fois. Je la serrai fort dans mes bras en lui promettant que bientôt nous ne nous quitterions plus.

****

Les volets de notre maison étaient déjà fermés.

Je rangeai ma voiture dans le garage derrière celle de Marie-Lou et montai à l'étage.

Ma femme m'attendait.

Elle me proposa un morceau de pizza que je refusai prétextant des aigreurs d'estomac.

— Je te prépare une tisane.

Une petite voix me disait : « quelle femme extraordinaire ! Elle ne mérite pas que… »

Une autre me répétait : « il y en a une de trop, c'est elle. »

Et je bus la tisane en me traitant de salaud.

Ce fut ma dernière pensée avant de me réveiller bâillonné et sanglé sur une chaise.

Il faisait jour.

Quelqu'un me houspillait :

— Deux ans, que tu me trompes. Deux ans à attendre, à espérer puis à ne plus rien attendre. Dès qu'il fera nuit, je m'occuperai de toi. J'ai eu le temps de mijoter ta mort. Je la masquerai en accident. Maintenant je vais chez le coiffeur pour ne pas éveiller les soupçons mais bientôt tu seras mort. Tu m'entends ! Mort ! Mort ! Mort ! Mort !

Marie-Lou claqua la porte d'entrée.

Mon mobile sonna. Sans doute, Coralie. Je ne pouvais pas lui répondre, elle allait s'inquiéter, ce n'était pas bon pour le bébé.

Etiolé par la drogue que ma femme avait versée dans ma tisane, mon esprit fonctionna au ralenti et la peur au ventre me fit délirer.

Je me rappelle ce cauchemar.

Nous étions tous les trois enfermés dans une bulle de chewing-gum. Nous nous débattions en une course folle pour nous échapper de notre prison. Nous formions un triangle isocèle. À l'un des angles Marie-Lou tenait une seringue, aiguille dirigée vers moi. À l'autre extrémité, Coralie agitait une pancarte où elle avait griffonné le mot « bébé ». J'étais positionné au sommet de la médiane et je tournais la tête d'un côté et de l'autre plusieurs fois, complètement désorienté.

Je me rappelle avoir hurlé.

*****

Peu à peu, les effets de la drogue s'estompèrent.

Nous possédions l'un et l'autre notre propre chaise avec housse personnalisée. Sur chacune, Marie-Lou avait brodé nos initiales.

Ma femme ignorait que le dossier de ma chaise présentait un certain jeu. Un coup d'épaule bien placé a suffi pour faire sortir l'un des morceaux de bois de son logement. Ensuite, ce fut un jeu d'enfant de me libérer.

J'étais sauvé.

C'était elle qui allait mourir.

Je devais réfléchir à un plan de substitution.

Pour commencer, il était important que je sache où elle se trouvait à cet instant précis. Je décidai de m'assurer par moi-même de l'endroit exact où elle était. J'avançais avec précaution, c'est tout juste si je ne longeais pas les murs.

Soudain, elle déboucha d'une rue perpendiculaire sur le trottoir opposé au mien.

Son nom m'échappa, je criai :

— Marie-Lou !

Elle s'arrêta face à moi.

D'un coup, elle est devenue hystérique.

Elle a tapé du pied, balancé ses bras sur ses cuisses en des mouvements saccadés.

Ses frisures trop laquées suivaient les mouvements de sa tête et en même temps elle hurlait :

— Je te hais ! Je te hais !

Sa voix m'a transpercé et sa douleur s'est installée en moi, je la ressentais comme si elle était mienne.

À cet instant, je me suis aperçu de mon erreur : j'aimais ma femme.

Celle qui était de trop, ce n'était pas elle.

J'ai traversé.
Elle a traversé.
Puis… Le noir.
Quand je suis revenu à moi, quelqu'un a dit :
— Elle est morte.

Mon téléphone a sonné.
C'était Coralie.

****

Vilaines

Mes parents buvaient plus que de raison.

Un jour, à table, une dispute a éclaté entre ma mère et mon père à propos d'un steak trop cuit ou pas assez. Je ne sais plus.

Des mots. Des injures. Des coups.

Je suis restée sur ma chaise sans bouger, sans parler. J'ai fermé les yeux.

J'entendais ma mère : elle pleurait.

J'ai rouvert les yeux.

Ma mère essayait de s'échapper, elle avait gagné la porte d'entrée de la cuisine mais il avait réussi à l'immobiliser. Les mains de mon père tapaient et tapaient sur elle, elles tapaient n'importe où, sur le dos, le ventre, les bras, la tête. Ma mère est tombée d'un coup sec sur le sol. Elle n'a plus bougé.

Les mains de mon père étaient en sang.

Il s'est sauvé.

Attirée par le bruit, la voisine est arrivée.

Elle a hurlé.

J'ai fait pipi dans ma culotte.

Des policiers sont venus. Ils m'ont découverte sous la table, recroquevillée et baignant dans mon urine.

Je mordais mes mains. Je les avais tant lacérées que j'avalais mon propre sang.

On m'a transportée à l'hôpital.

Une infirmière a bandé mes mains. La dame vêtue de blanc m'a consolée, elle m'appelait « ma chérie », elle me caressait les joues et les cheveux. Ma mère ne m'avait jamais gratifiée de son amour et c'était nouveau pour moi.

J'étais heureuse mais l'infirmière a jeté un regard furtif à sa montre et a dit :

— J'ai fini mon travail. Je dois partir maintenant.

Et elle m'a abandonnée.

Dans ma tête d'enfant, je me disais qu'elle aussi était vilaine. J'avais envie d'arracher mes pansements parce que c'était ses mains qui les avaient posés, je me suis dit que toutes les mains étaient vilaines même celles de la dame.

J'ai gardé les bandages, je craignais de me faire gronder et surtout qu'on me chasse. Où aurais-je été ? Ma mère était morte et mon père s'était évaporé dans la nature.

Je me suis endormie en pleurant.

La dame n'est jamais revenue.

D'autres infirmières m'ont soignée, elles étaient gentilles mais aucune n'avait de gestes affectueux.

Au bout de quelques jours, mes mains ont été guéries. Par contre, j'avais subi un choc émotionnel qui s'était reporté sur mes jambes.

Je revois ce docteur en blouse blanche. Il puait un mélange de bois de santal et d'éthanol qui me dégoûtait.

Il a murmuré à l'infirmière en chef :

— Blocage psychomoteur.

Tu vas rire. Je n'avais que quatre ans et du mot psychomoteur je n'ai retenu que la fin. Je me souviens, je croyais que mes jambes fonctionnaient grâce à un moteur comme la voiture de mon père.

Ça ne te fait pas rire ? Je comprends.

Alors, écoute la suite !

On m'a fait passer des tests, on m'a questionnée, on m'a demandé de dessiner, on m'a posé de drôles de questions. Je devenais quelqu'un d'important d'autant que quelques jours plus tard, on a retrouvé mon père pendu au bout d'une corde. Comme un saucisson !

Ça non plus ? ... Ça ne te fait pas rire ?

Même pas sourire ?

En vingt-quatre heures, j'étais devenue « la pauvre petite ». On disait que je n'avais pas de chance, que j'étais une orpheline handicapée ou une handicapée orpheline, je ne sais plus.

Je n'en comprenais pas la signification mais cette sollicitude était très agréable et j'en garde un bon souvenir. Très vite, on m'a placée dans une maison spécialisée, « La Coccinelle Verte ».

Je n'ai jamais su si j'étais belle ou pas.

Une fois, je devais avoir six ans, une infirmière qui sentait bon, a dit que je ressemblais à une poupée. J'ai aussitôt fait la corrélation avec Olga, ma poupée chiffon dont la grosse tête hideuse et repoussante resplendissait d'une laideur sans nom sous un teint blafard. Deux yeux délavés se cachaient sous des cheveux hirsutes de couleur rouge. Son corps était mou et ses mains, mordues par mes dents de petite fille. Je me suis identifiée à cette poupée qui me renvoyait à toute l'horreur du monde.

Cette image m'a poursuivie jusqu'au jour où je t'ai rencontré.

J'avais dix-huit ans.

Tu venais d'obtenir ton diplôme de kinésithérapeute et tu remplaçais Monsieur Jacob qui prenait sa retraite.

Tu étais beau et tu donnais vie, dans ma tête, au prince charmant de mes rêves et moi, je devenais la petite sirène d'Andersen à qui l'amour pourrait redonner des jambes.

J'escaladais les nuages, j'enfourchais la lune, je semais des pétales de rose sur les étoiles.

Tu ne savais pas ? C'est normal, tu étais bien loin de voir en moi la princesse de ton bois dormant.

Et il y eut ce reportage diffusé à la télévision sur l'hypnotisme. On voyait un homme qui pouvait agir sur les faits et gestes d'animaux et d'êtres humains.

Une idée m'est venue.

Je disposais d'un ordinateur que j'avais acheté avec l'argent que je gagnais en faisant la lecture à Madame Zirono rendue aveugle à la suite d'un glaucome aigu.

J'ai commencé par interroger Google en entrant des mots clés comme hypnose, paranormal, télépathie. J'ai découvert un blog où il était question des travaux de Bernheim sur la suggestibilité et de ceux de Mesmer sur le magnétisme. Je me suis documentée du mieux que j'ai pu et j'ai même commandé la réédition du mémoire sur le magnétisme animal de Mesmer.

J'ai poursuivi mes recherches et repéré l'existence d'une drôle de substance qu'on appelle Gamma Hydroxy Butyrate ou plus communément, drogue du viol. J'ai réussi à m'en faire parvenir en toute discrétion.

Et le moment est arrivé de mettre mon plan à exécution.

Comment m'y suis-je prise ?... Très simple.

J'ai demandé à la femme de service de m'acheter du vin, j'ai payé son silence avec quelques euros. Elle m'a rapporté un Saint-Emilion aux arômes sucrés de cassis et cerises. Je t'en ai offert un verre après avoir dissout, à ton insu, quelques pincées de poudre. Quinze minutes plus tard, tu es devenu euphorique et tu as parlé de toi sans tabou.

Oui, oui, mon amour, tu m'as dit des choses… Des choses très intimes sur toi… Mais non, ne rougis pas ! Chacun ses fantasmes !

Je me suis emparée de ton regard. La musique de fond que j'avais choisie et le rythme monocorde de ma voix ont fait le reste.

Je peux t'assurer que tes mains ont largement dépassé les soins thérapeutiques. Tes doigts ont exploré ma grotte secrète offerte en toute impudeur et je me suis délectée de tes caresses sous tes yeux incrédules et voyeurs. Je t'ai réduit à l'état de marionnette et tu es devenu un homme objet, j'ai goûté voracement à ton corps.

Quand la drogue n'a plus fait d'effet, tu ne te souvenais de rien.

Et la vie a repris son cours normal.

Tu ne dis rien. Tu ne m'en veux pas ?
Écoute la suite !

J'ai décidé de remarcher pour toi. Je me disais que tu m'aimerais si j'étais comme tout le monde. J'avais découvert, aussi sur le net, certaines études sur l'autosuggestion consciente et positive et tous les jours, matin, midi et soir, je répétais dix fois de suite :

— Je peux marcher parce que je veux marcher. J'arriverai à marcher, je le veux.

Tu ne crois pas au miracle ?
Eh bien, si ! Miracle, il y a bien eu !

Ce matin-là, quand tu es entré dans ma chambre, je t'attendais.

Debout.

J'ai avancé vers toi.

Débordante d'amour.

J'espérais un geste, une approche mais tu as lancé avec un inconscient cynisme qui résonne encore à mes oreilles :

— J'ai fini mon travail.

Tu me considérais comme tel ! Toi aussi ! Un travail ! En un mot, tu as tué mon rêve.

Tu as l'air triste, mon amour. Tu ne te rendais pas compte ? Non, ne t'excuse pas. Ça ne changerait rien maintenant. Écoute encore !

Je pouvais enfin marcher et être indépendante. J'ai emménagé dans ce studio de la rue Balzac.

La chance m'a souri, une des hôtesses de *La Coccinelle Verte* prenait un congé de maternité. Je l'ai remplacée.

Chaque jour à dix heures précises, tu passais devant moi. Sans me voir. Pas même un signe de la tête. Rien.

Inlassablement, je me posais les mêmes questions : va-t-il lever les yeux sur moi aujourd'hui ? Me remarquer ? M'adresser la parole ?

Le matin, quand je m'éveillais, je cueillais l'espoir dans mes rêves qui, quelques heures plus tard, se fanait dans le calice de ma douleur.

O mon amour, je t'aimais si fort.
Et toi, pas.

J'avais connu la douceur de tes mains. Les seules à n'être pas vilaines. Ma soif de toi grandissait. J'ai simulé une forte douleur aux jambes. Je dois avoir quelques dons de comédienne car le médecin a été dupe, il a signé un arrêt de travail et m'a prescrivit des séances de kinésithérapie à domicile.
Et je t'ai appelé.
Et tu es venu.
Une fois, puis deux, puis trois.
Méthodiquement avec le professionnalisme qui faisait ta réputation, tu t'es employé à soulager mes « douleurs ».
Et c'est justement parce que tu t'appliquais à ne faire que ton travail que, le quatrième jour, je t'ai fait boire à nouveau le breuvage qui te désinhibait et te réduisait à l'état de pantin.
Après, je t'ai obligé à me suivre jusqu'au bois de Tichémont. Là, je t'ai ordonné de te coucher sur l'herbe et de dormir. Ensuite, j'ai pris une grosse pierre.

Et sais-tu ce que j'ai fait avec la pierre ?
… Je vais te le dire.

J'ai tapé sur ton crâne. Un coup sec bien placé. Tu as poussé un cri ! Un long, très long cri. Du sang a giclé par terre. Beaucoup de sang.

Tu as gémi quelques minutes en me regardant…

Quel bonheur en cet instant-là !
Tu me regardais ! Enfin !

Puis, le silence…
Quant à moi, j'avais fini…
Comment disais-tu déjà ?
Oui, c'est cela… « J'avais fini mon travail. ».
J'ai regardé tes mains. Elles étaient vilaines.
Le lendemain, la presse locale relatait :
« Le corps de Monsieur Viso, connu dans la région en tant que kinésithérapeute, a été découvert dans le bois de Tichémont, la peau des mains scarifiée par des incisives et des canines humaines. »

Ta photo en première page du journal.
Comme tu es beau, ô mon amour !
Non, ne dis rien !
Tu ne peux pas, tu ne peux plus…
Tu sais bien que tu es mort.

****

Texte primé :
Concours Salon du Livre de La Rochelle (2006)

Le bidule

Imaginez un monde où les femmes n'enfanteraient plus.

Les embryons de synthèse placés sur un nuage poudré de terre seraient nourris de radiations des différents soleils artificiels. Leur constitution de base terminée, un tri sévère éliminerait les produits non-conformes et dirigerait les autres dans un centre de captation d'ondes radio cosmiques. Les meilleures réalisations intégreraient le groupe des élites.

Rendu perméable, leur cortex assimilerait la mémoire de l'humanité. Le processus de développement durerait une année à la fin de laquelle l'humanoïde ainsi fabriqué intégrerait le monde terrestre sous l'aspect d'un être humain de seize ans.

Une générique maman serait affectée à chaque adolescent pour une période de deux années. Le jour de leurs dix-huit ans, les humanoïdes prendraient le nom d'adultes responsables et deviendraient maîtres de leur destin. Ils garderaient toutefois le contact avec leur générique maman pour un recadrage éventuel qui aurait valeur de service post-formation.

Imaginez encore !

Nous sommes au premier étage d'une tour taillée dans le marbre blanc. Nous pénétrons dans un appartement aux murs blancs, aux carrelages blancs, aux meubles blancs.

Vêtue d'une longue chemise de cotonnade blanche, les yeux agrippés sur le plafond blanc de son salon, Astrane, trente ans, étendue de tout son long sur un tapis de fumée blanche et relaxante, pense à Planetta, sa générique maman.

Dans ces moments, elle redevient une jeune fille innocente et insouciante, presque naïve.

Et tout naturellement, Netta, comme elle la surnomme, lui apparaît sous les traits d'un personnage sorti d'un conte de fée. Ses cheveux noirs tirés en chignon sur le haut de son crâne font penser à une griotte qu'on aurait posée sur un muffin. Son visage ressemble à un triangle à l'envers tombé dans du sucre glace auquel l'on aurait ajouté deux grains de raisin sertis de sirop d'érable. Ses lèvres sont barbouillées de gelée de myrtilles.

Astrane fait partie des élites.

Elle est belle : une peau nacrée, des boucles blondes, des yeux clairs en amande, un petit nez droit, des dents blanches éclatantes de santé, des lèvres brillantes et bien hydratées.

On pourrait la confondre avec un ange mais elle n'a rien d'un ange : son visage est fermé... fermé comme son cœur car, respectant les consignes, Planetta ne lui a jamais appris à conjuguer le verbe « aimer ».

Astrane vit seule dans son logement blanc, ce qui ne l'empêche pas d'organiser des S. A. S. (Soirées d'Amusement Sexuel) avec ses amis, hommes et femmes. Ces jours-là, comme sa générique maman le lui a enseigné, elle accroche un collier de préservatifs sur sa porte d'entrée pour rappeler à tous de vérifier la mise à jour de leurs vaccins anti-conception.

Ainsi, les jeux érotiques pratiqués en toute légèreté apportent une paix intérieure à la jeune femme. Ils la ressourcent et lui permettent d'apprécier la vie dans sa plénitude sans contrainte, sans possession, sans appartenance et sans conséquence.

Jamais de sentiments.

« Le cœur ne doit pas s'en mêler, c'est le secret de la non-dépendance et de la non- souffrance », disait Netta.

****

Ce jour-là, Astrane ne s'était octroyé aucune pause au centre de recherche où elle avait un poste à responsabilité. Elle voulait être à jour dans son travail pour être libre le lendemain, premier jour des soldes annuelles. Elle ne manquait jamais l'évènement.

Planetta lui avait maintes fois prouvé que là, était la meilleure façon de bien gérer son argent.

Elle lui répétait :

— Pourquoi dépenser plus quand on peut dépenser moins ?

En réalité, ce n'était pas une question mais une affirmation.

Demain Astrane sera en congé, demain elle achètera cette fameuse chose que tout le monde nomme « bidule ».

Avant de se coucher, la jeune femme fait un tour du côté de la pièce plein sud. C'est là qu'elle le mettra. Elle scrute les quatre murs blancs, mesure des yeux les coins et recoins, additionne, soustrait.

L'espace est-il assez grand ?

Y a-t-il suffisamment de clarté ?

Le bidule sera-t-il suffisamment mis en valeur ?

Astrane est inquiète car elle ne connaît pas ses exigences. Elle a bien essayé d'en savoir davantage mais les textes restent vagues, confus et flous sauf sur un point : ils mettent tous l'accent sur l'unicité de chaque bidule, ce qui le rend mystérieux et parfois, ingérable.

Astrane s'interroge et elle doute. Une force mystérieuse la pousse à acheter un bidule mais est-elle vraiment prête à en prendre le risque ?

Le regard d'Astrane dévie sur la fenêtre ronde cerclée de chambranles blancs et habillée d'un voile d'organdi. Elle s'imagine montrant, par la fenêtre, son acquisition aux voisins envieux.

Par beau temps, elle portera son bidule jusqu'au parc en pleine lumière pour le faire rayonner. Les passants se retourneront sur son passage et la féliciteront.

Le bidule sera sa plus grande fierté, elle le sent, elle le sait. D'ailleurs, elle fera en sorte que le monde entier le connaisse et surtout le reconnaisse comme faisant partie intégrante d'elle-même.

Astrane s'endort, heureuse.

****

Aujourd'hui est le jour J.

Le réveil sonne.

La jeune femme se lève promptement, avale son petit déjeuner, se douche, se maquille avec soin, sèche sa chevelure moutonnée, la parfume d'une caresse de laque. Elle revêt son tailleur blanc gansé de soie blanche. La jupe fendue jusqu'aux genoux laisse entrevoir de longues jambes voilées d'un collant satiné couleur chair.

Elle est impeccable.

« Donne une bonne image de toi, c'est le secret de la respectabilité », lui certifiait Netta.

Des chaussures blanches coordonnées à son petit sac tressé de fils en métal laqués rajoutent à son élégance.

Un bref passage de clé magnétique dans la serrure de la porte d'entrée et la voilà en route, direction station métro Introterria

Elle s'arrêtera Place des Rideaux.

C'est là-bas qu'elle pourra dénicher le plus beau bidule au meilleur prix.

La réputation de l'endroit ne fait aucun doute.

Dix heures sonnent au carillon de la place.

En synchronisation parfaite, les magasins lèvent leurs rideaux fabriqués à partir d'un mélange compact de plastique caoutchouteux et de verre épais transparent légèrement laiteux aux reflets irisés.

Astrane s'arrête pour apprécier le spectacle.

Le lever de rideau est un moment mystérieux et fantasmagorique. Chaque panneau jette des éclairs au panneau opposé qui, à son tour, lui renvoie des étincelles de couleur.

Les griffures de la matière plastique dues à l'usure ont valeur de prismes réfractant les rayons lumineux.

Puis à la nano seconde près, quand tous les panneaux arrivent au point culminant de leur trajectoire, l'illusion d'optique est au zénith : le drapeau de l'arc-en-ciel se fond en une bulle qui éclate dans l'espace.

L'alchimie terminée, la jeune femme se met en quête d'un bidule.

On lui a recommandé la boutique Kiveutou.

Elle se trouve juste devant et franchit le seuil.

Une foule se presse devant un rayon.

Un écriteau indique en lettres majuscules :
   BIDULES.

Astrane se glisse dans la longue file d'attente.

Plusieurs employés assurent les commandes et le service est rapide.

Son tour arrive.

— Un bidule blanc, s'il vous plait !

— Je suis désolée, madame, je viens de vendre le dernier. Il ne nous reste que des bidules de couleur safran.

La jeune femme veut absolument un bidule blanc. Elle sort du magasin.

Dans la rue, quelques pas plus loin, le mot « promotion » placé en devanture invite les clients à entrer.

À l'intérieur, on peut lire : *Arrivage de bidules à prix exceptionnel.*

Le bidule est un produit très recherché mais son prix est élevé, Astrane veut profiter de la promotion.

Elle s'approche d'une vendeuse et lui demande un bidule.

— Avec boutonnière ou cordelière ?

— Peu importe, pourvu qu'il soit blanc.

— Nous ne choisissons pas la couleur de notre arrivage et celui d'aujourd'hui est de couleur terre uniquement.

Astrane quitte le magasin dans une colère contenue, elle ne doit rien laisser paraître si elle se réfère aux mots de Netta : « la colère est l'apanage des faibles ».

La jeune femme continue ses investigations et parvient devant l'enseigne Aralespaquerettes, boutique réputée pour pratiquer des prix plus bas que bas.

Elle s'engouffre dans le tourniquet d'entrée. Ses yeux brillent car elle vient d'apercevoir un grand bac rond d'au moins quatre mètres de diamètre. Dedans : des bidules blancs.

Les femmes se précipitent, certaines courent.

C'est la cohue.

Astrane est prise d'angoisse.

« Rien n'est facile dans la vie. Tu dois te battre pour avoir ce que tu désires, c'est le secret de la chance », lui disait Netta.

La jeune femme réagit et marche droit au but. La lutte s'engage. Elle s'introduit dans la mêlée, elle fléchit les genoux, marque un temps d'arrêt et attaque. Elle pousse épaule contre épaule, recule, se rapproche, prend, lâche, reprend puis elle lâche brusquement car elle a vu, là, sur sa gauche, un bidule blanc qui correspond à ses attentes.

Avec la hargne d'une lionne, elle ne respecte plus les règles, serre les dents, avance les omoplates, cambre son dos, donne un coup de coude, un coup de pied, se projette en avant, encore un petit effort, elle l'a presque, ça y est, elle l'a attrapé.

— C'est pour offrir ? Vous faut-il un emballage cadeau ? lui demande la vendeuse.

— Non, non, merci. Empaquetez-le moi juste dans une boite bien ficelée, s'il vous plait !

— Voilà, Madame ! J'ai percé l'avant du paquet. L'air pourra circuler et évitera une quelconque moisissure et surtout évacuera les mauvaises odeurs.

— Les bidules puent ? s'inquiéte Astrane.

— Si vous en prenez soin, vous ne serez pas incommodée. Et tous nos produits sont garantis. J'ai mis le bon à l'intérieur de la boite.

Astrane jubile, elle a obtenu un bidule à moitié prix.

****

De retour dans son appartement, Astrane défait son colis. Le bidule est bien rangé dans sa boite à petits trous. La jeune femme le dépose dans la pièce située plein sud.

Elle le déballera le lendemain.

Netta lui a appris « qu'il faut savourer l'attente pour mieux apprécier chaque chose. »

Elle ne peut qu'approuver car demain elle pourra prendre le temps de lui choisir la meilleure place.

À 21 heures, quand Astrane se démaquille, elle remarque que son visage est resplendissant. Les effets espérés du bidule commencent à agir bien qu'il soit enfermé. Elle songe aux bienfaits qu'il lui procurera quand elle l'aura déballé.

Elle est impatiente mais elle se tempère, elle appellera Netta tout à l'heure pour lui raconter sa journée. Elle voudrait lui prouver qu'elle a évolué, qu'elle est devenue une vraie adulte dotée de patience, de discernement et d'intelligence et capable d'appliquer les consignes qu'elle lui a enseignées.

Après avoir pris une douche à jets relaxants immédiats, elle appelle Netta qui la félicite pour son achat et pour sa persévérance.

Astrane est fière, c'est important pour elle de justifier son statut d'élite.

Elle se cale au fond du canapé, radieuse drapée d'une couverture blanche.

Elle s'apprête à mettre son téléviseur en marche lorsqu'un bruit provenant de la pièce située au sud la fait tressaillir. D'abord quelques cris espacés, légers, puis des petits rires pointus qui n'en finissent pas.

Le bidule se manifeste.

Astrane ne bouge plus.

Elle a peur.

Peur du bidule.

Et s'il était une sorte de vampire s'éveillant au moment où la nuit tombe ?

Astrane frémit.

Elle est paralysée.

Une amie lui avait raconté avoir été poussée à bout par un bidule à tel point qu'elle était devenue comme folle. Elle s'était mesurée à lui, l'avait secoué, lui avait donné des coups. Plus elle le battait et plus le bidule émettait des sons. Pour peu, il lui aurait cassé les tympans, elle a dû le détruire, c'était le seul moyen d'en finir.

Astrane cherche une citation de Netta qui lui donnerait du courage. Elle ne trouve pas. Les mots s'embrouillent.

Et si le bidule se jetait sur elle ?

Non, il est trop petit.

De plus, il est prisonnier dans une boite.
Soudain, le silence.
Imperceptible et strident.
Puis, demi-soupir dans les figures de sa partition musicale, le bidule reprend de plus belle. Cette fois-ci, il utilise une autre tactique : il couine en imitant une souris.
C'est un piège.
La jeune femme murmure d'une voix chevrotante :
— Netta ! Netta ! Au secours !
« Ne laisse jamais les événements prendre le dessus sur toi. C'est le secret de la victoire », disait sa générique maman.
Le courage revient.
Elle est prête à affronter le bidule.
Astrane fonce à la cuisine, s'empare d'un couteau. Ses doigts emprisonnent l'objet à l'intérieur de sa paume laissant dépasser la lame effilée.
La jeune femme avance doucement à petits pas vers la pièce à peine éclairée par la lumière du réverbère de la rue.
Elle l'aura par surprise.
« Il faut vaincre avant d'être vaincu. C'est le secret de la gloire », affirmait Netta.

****

Astrane pénètre dans la pièce.
Elle s'arrête brusquement.
Tétanisée.

Le bidule a réussi à sortir de sa boite. Il est par terre. Immobile.

Et si le bidule feignait ?

Et si c'était une nouvelle ruse ?

Le temps n'était plus à la réflexion.

La jeune femme pousse un cri de guerre :

— C'est toi ou moi.

Elle s'élance vers le bidule.

L'arme à la main, elle lève le bras, son front est nimbé de sueur, ses jambes ont du mal à la soutenir. Prête à s'effondrer, elle imagine les lèvres violines qui lui soufflent : « Garde ton sang froid en toute circonstance ».

Les peurs bouillonnantes de la jeune femme s'évaporent en un frimas de cauchemars. Et la pointe du couteau devient le bec d'un aigle royal. Le charognard déchiquette sa proie et la jette au sol.

Le bidule est cassé.

Astrane respire avec des sanglots dans la gorge. Elle n'a jamais eu aussi peur mais elle a réussi, elle a vaincu le bidule.

La jeune femme lâche le couteau et chasse l'aigle de sa tête.

Retrouvant son calme et son esprit, elle presse l'interrupteur.

La lumière éclaire le bidule. Il est rouge.

Oubliant les maximes de Netta, elle explose :

— Qu'est-ce donc que cette couleur ! Le bidule que j'ai acheté était blanc ! Il doit rester blanc ! Blanc, blanc et blanc !

Elle ira au bureau des réclamations demain.

Astrane cherche le bon de garantie, elle se souvient, la vendeuse l'avait posé dans la boîte.

Le papier en main, la jeune femme lit :

« *Vous venez de faire l'acquisition d'un bidule. Nous espérons qu'il vous amusera. Pour le garder en état de marche, veuillez respecter ces quelques règles :*

— Laver matin et soir, voire plus, avec délicatesse.

— Arroser plusieurs fois par jour.

— Maintenir l'extérieur au chaud.

— Prodiguer les soins avec amour.

Si ces consignes ne sont pas respectées, nous ne pourrons ni vous rembourser, ni échanger votre achat. »

Elle retourne le papier.

Au verso, juste un nom suivi d'un numéro.

Sa respiration s'intensifia, son regard s'enflamma, ses mâchoires se crispèrent et sa voix, vibrante de rage, éclata en un hurlement qui foudroya le silence :

— Comment appellent-ils le bidule ? Ce machin truc chose… Comment ?… Un bébé !

****

Texte primé au concours :
Thème : « Noir et Blanc » Ed. Grimal (2009)

Bibliographie

Littérature adulte
- Hier il sera trop tard *(roman)*
- Frissons sur la toile *(roman)*
- La poupée qui chantait et autres histoires fantastiques.
- Amours en cascade *(nouvelles)*

Comédies théâtre
- Une inconnue dans la glace *(3 F - 1 H)*
- J'ai épousé ma liberté *(2 F - 2 H)*
- La vie qui file *(2 F - 2 H)*
- Nos actes manqués *(1 F min. 60 ans)*

Contes jeunesse *(à partir de 6 ans)*
- Malicia, la sorcière au poil
- Hanayoko et le Bonhomme Kamishibaï *(contes japonais)*
- Un amour de vache
- La prairie enchantée et Trobelle la coccinelle née un 29 février
- Histoire d'en rire *(expressions abracadabrantes expliquées aux enfants)*

Théâtre jeunesse à jouer par les enfants
- Ado c'est mieux *(dès 7 ans)*
- Au pays des enfants *(dès 5 ans)*
- Au secours la Terre est malade *(dès 5 ans)*
- Par le petit bout de la lorgnette *(dès 7 ans)*
- Les jouets se font la malle *(dès 5 ans)*
- La sorcière à moustache *(dès 7 ans)*

----

genevieve.steinling@gmail.com
Site : https://genevieve-steinling.com/